KING

Título original: *La libraire de la place aux herbes*

© 2017, 2022, Éditions Eyrolles, París, Francia
© Ilustraciones de Camille Penchinant
© 2024, de la traducción por Cecilia Fernández Santomé
© 2025, de esta edición por Antonio Vallardi Editore S.u.r.l., Milán

Todos los derechos reservados

Primera edición en esta colección: enero de 2025
Tercera edición en esta colección: mayo de 2026

Newton Compton Editores es un sello de Antonio Vallardi Editore S.u.r.l.
Pl. Urquinaona, 11, 3.º 1.ª izq. Barcelona, 08010 (España)
www.newtoncomptoneditores.com

Gruppo editoriale Mauri Spagnol S.p.A.
www.maurispagnol.it

ISBN: 978-84-10359-22-2
Código IBIC: FA
DL: B 16.832-2024

Composición y diseño de interiores:
David Pablo

Impreso en mayo de 2026 en Puntoweb s.r.l., Ariccia (Roma), en Italia.

Éric de Kermel

La librería
de los deseos

Traducción de Cecilia F. Santomé

Newton Compton Editores

Barcelona, 2025

Agradecimientos

Dar a leer lo que uno escribe es una tarea delicada. ¿Cómo convertir ese gesto no tanto en un acto «pretencioso» como en una oportunidad para compartir?

Este alumbramiento ha sido una aventura llena de alegrías gracias a la profesionalidad y a la atención de los equipos de Eyrolles, dentro de los cuales me gustaría especialmente transmitirle mi agradecimiento a Gwénaëlle Painvin, a Anne Ghesquière y a Sandrine Navarro.

Gracias a Erik Orsenna, mi «padre literario», por llevarme de la mano por las palabras mientras doy mis primeros pasos.

Prólogo

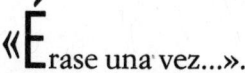

«Érase una vez...».

Así empiezan las historias que nos fascinan.

Érase una vez una librería.

Así es como Éric de Kermel nos transporta a un hermosísimo cuento.

Érase una vez Nathalie, profesora de Letras y parisina.

No soporta la Ciudad de la Luz. Definitivamente, quiere cambiar de vida. Pero no de marido. Un doble deseo que, hoy en día, tiene un punto de originalidad.

De vez en cuando iban a Uzès: la perla de la región de Gard, pueblo artístico e histórico, 8 573 habitantes.

¿Y por qué no pasar allí el resto de sus vidas en lugar de solamente las vacaciones?

El destino les responde: «¡Lanzaos!».

Parece ser que hay una librería a la venta en la esquina de la Place aux Herbes.

Y así comienza la aventura.

¿Qué es una librería?

Un banco central de un tipo muy particular. En él, no se fabrican monedas. O sí: esas que nos permiten soñar y querer ser libres.

En esta librería, los clientes vienen y se presentan. Al poco tiempo ya se han convertido en amigos. Poco después, siguiendo el ejemplo de Nathalie, deciden cambiar.

Porque un libro, un libro de verdad, nos transforma. Despierta el reino de los deseos, el pueblo de los posibles, la Armada Invencible de los «¿por qué no?» que llevamos dentro.

Al igual que los seres humanos somos diferentes entre sí, ningún libro se parece a otro. Mientras uno deja a alguien en carne viva, a otro le hace bostezar. Allá cada cual con sus gustos. Cada lectura supone un viaje y un enamoramiento.

Érase una vez nueve personajes que andaban buscando algo sin saber qué. Este cuento nos dice lo que fue de ellos en cuanto abrieron los libros correspondientes.

¿Qué es una librería?

Mucho, mucho más que una pila de estanterías en las que se mueren de aburrimiento los libros.

Es un lugar. Un lugar de luz y de calidez. Un lugar para compartir y hacer confidencias. Una geografía de fraternidades.

Un lugar que amarra.

Y por eso este cuento es ante todo una historia de agradecimiento.

¡Gracias a las librerías y a aquellas y aquellos que les dan vida, que nos dan la vida a nosotros!

Los hombres –e incluyo también a las mujeres, por supuesto– crearon los libros.

Y viceversa, porque ¿qué miseria, qué aburrimiento, qué criaturas repetitivas seríamos sin ellos?

Érase una vez, en el antiguo y plácido pueblo de Uzès, una librería recién inaugurada...

ERIK ORSENNA

Para Élise, Lucile y Sidonie...
Haced que la vida no devore vuestros sueños

Nathalie

O de cómo cambié de vida

Amnesia global transitoria.

Puede pasar una o dos veces en la vida.

De repente, la persona pierde temporalmente la memoria. Sus facultades mentales están intactas, pero ya no sabe dónde está, qué hizo la noche anterior o qué día es.

No es grave, pero puede durar unas horas.

Los investigadores no son capaces de explicar del todo las causas de este fenómeno.

La hipertensión, el estrés o, a veces, incluso un orgasmo pueden causar amnesia global transitoria.

Como si el cerebro buscase una protección por las bravas, algo así como un fusible que se funde en el interruptor de un contador eléctrico.

Eso fue lo que me dijo el médico, que acudió a la llamada urgente de Nathan, después de que yo le preguntara varias veces con la mirada perdida por qué estaba desayunando sentado a mi lado.

Ya que el orgasmo o la hipertensión no nos servían como explicación, me quedé mirando a Nathan y le dije:

—Puede que vaya siendo hora de que nos marchemos de París... No soporto más la ciudad. Me está comiendo viva.

Tampoco quiero ser una desagradecida con la capital. De estudiantes, disfrutamos viviendo al compás las noches parisinas, ávidos de exposiciones, con nuestros abonos del Théâtre de la Ville y dejándonos caer por los clubes para escuchar a grupos de *jazz* que venían directamente de los Estados Unidos.

Mal que bien, conseguimos sacar adelante a Élise y a Guillaume en nuestro piso de cuatro habitaciones de la Rue de la Roquette.

Cuando los niños se hicieron mayores, cuanto más tiempo pasaba, más tenía la sensación de vivir aguantando la respiración, obligada a refugiarme tras una armadura cada día un poco más pesada para no escuchar los ruidos, notar los olores, para no dejar que la agresividad en las miradas, los empujones en el metro, la suciedad de las calles calasen en mí.

Resistir implica a menudo ahogar la sensibilidad propia, crearse una coraza..., hasta que un buen día la armadura se desmorona.

Decidimos marcharnos de París al verano siguiente, después de que Guillaume aprobara la selectividad. Él era lo único que nos retenía allí, pues Élise ya estaba en Arlés, estudiando en la Escuela Nacional Superior de Fotografía.

Nathan es arquitecto. Al volver a París después de las vacaciones, siempre decía que podría montar su estudio en cualquier sitio. Pero las intenciones se las llevaba la rutina, y he de reconocer que, de haber querido de verdad que se materializasen, yo debería haberle tomado el testigo.

Le entraban esos arrebatos normalmente después de haber pasado unos cuantos días en Crozon, en Finisterre. Mi pasión por Crozon se remonta a cuando conocí a Nathan. Estábamos los dos haciendo un cursillo de vela en la escuela Les Glénans y nos tocó nuestro primer circuito alrededor de aquel amago de isla. Tras ser compañeros de equipo en el mismo barco, nos convertimos en compañeros de vida.

Desde entonces, hemos vuelto muchas veces para disfrutar de una casita de pescadores que compramos en cuanto pudimos ahorrar un poco de dinero, aunque ni siquiera teníamos coche.

Está rodeada de brezales, a un paso de la punta de Dinan: un auténtico paisaje de postal en plena Bretaña.

Pero, en el fondo, yo seguía siendo una chica del sur, y algunas escapadas en el puente de Todos los Santos o en Semana Santa –cuando las horas de sol en la Bretaña se cuentan con los dedos de las manos– contribuían a rebajar nuestro entusiasmo estival.

Por aquel entonces, daba clases de Literatura a los cursos del último año en el instituto Montaigne.

Me gustaban mis alumnos, y ellos me compensaban dicha pasión con creces.

En la rama de letras, los estudiantes de instituto mostraban tanta curiosidad y entusiasmo que me permitían salirme del programa para darles a conocer a autores que constituían una buena puerta de entrada a una literatura menos académica.

Con los del bachillerato científico, cada año era un desafío. Ya que no veían en la literatura más que una opción que les permitía rascar unos cuantos puntos en la selectividad, mi objetivo era derribar los muros emocionales de aquellos coquitos para que descubriesen un mundo distinto: exótico, a veces irracional, a años luz siempre del universo cartesiano en el que se movían.

Cada año, conseguía que algunos alumnos llegasen a aquellas costas inexploradas. Descubrían entonces que en el mundo cabían más dudas que certezas, más poesía que ecuaciones. La orientación de aquellos chicos derivaba a menudo de una no-elección. Al que se le daban bien las matemáticas, tenía la «suerte» de poder ir a X. Cualquier otra alternativa habría sido un desperdicio de talento. Aquel mandato de las alturas había surgido tras la Segunda Guerra Mundial y, desde entonces, tanto el claustro de profesores como los padres se habían encargado de velar por él. Un chico ingeniero era mayor motivo de orgullo para sus padres que si se interesaba por las artes o las letras.

La Segunda Guerra Mundial no solo mató a hombres y mujeres: mató a las letras en favor de los números, al profesor en favor del ingeniero.

Descubrimos Uzès un día de enero.

Es fácil sucumbir a los encantos de Uzès en invierno, sentados a la mesa en una terraza con una tostada de queso de cabra y un chorrito de aceite de oliva delante.

El sur cuenta con la ayuda del mistral para espantar las nubes. En el valle del Ródano, el viento sopla con violencia, mientras que en los alrededores de Uzès pierde intensidad y permite disfrutar del cielo azul y el calor del sol al abrigo de los muros de piedra.

El pueblecito le debe su encanto a su historia. Este primer ducado de Francia fue hogar de príncipes, señores y prelados, unidos por su común deseo de poseer un palacete acorde a su posición. Las puertas antiguas, las ventanas con parteluz, balcones con florituras y cornisas rematadas en torrecillas crean la ilusión de estar en un entorno totalmente protegido. La ley Malraux, que promovía la reforma del patrimonio antiguo, y unos buenos arquitectos del servicio de monumentos de Francia permitieron restaurar Uzès y hacer de él lo que es: una perla renacentista.

Venirse a Uzès era lo que se suele llamar una «opción de vida». Durante un tiempo, incluso creí que era una opción de vida en pareja. En realidad, tomamos la decisión entre los dos, pero pronto me vi viviendo sola y a merced de las idas y venidas de Nathan.

Descubrí la vida del ama de casa sin niños, sin trabajo, pero con los medios suficientes para pagarme mis clases de pilates o para redecorar nuestras habitaciones en Affaires étrangères, la *boutique* de estilo étnico-bohemio a la que recurren los recién llegados a Uzès para acondicionar las cabañas de pastores que se compran en plena garriga.

Nosotros vivimos en un antiguo vivero, una casona de piedra construida en torno a un bonito patio, en el que antaño criaban gusanos de seda para la hilandería de la zona. Luego, le llevaban la delicada materia prima a los fabricantes de seda de Lyon, que hacían con ella unas telas que vendían a precio de oro a lo largo y ancho de Europa.

La Place aux Herbes está en el corazón de Uzès. Solo se puede acceder a ella a pie, a través de un entramado de hermosas callejuelas. Unos grandes plátanos le proporcionan su inestimable sombra en verano.

La plaza está rodeada de arcadas, que albergan las terrazas de los restaurantes. En ella, tiene lugar un mercado muy concurrido todos los miércoles y sábados.

El domingo, el pueblo entero se convierte en un mercado al ponerse también en el bulevar circular los vendedores de ropa. En verano, no acuden más que los turistas, ya que es imposible caminar por él y disfrutar de la vista de la plaza por culpa de los puestos y sus toldos, que tapan la visión del conjunto.

Voy al mercado los miércoles. Ese día, solo ponen sus puestos los productores locales. Al venir aquí, he redescubierto la importancia de la calidad. Un fruto de temporada, que no ha sido transportado y viene directo de la huerta, no tiene ni punto de comparación con el que podemos encontrar en París. Y lo mismo pasa con las verduras, las aves de corral o los quesos. La cercanía del mar también supone una gran ventaja. Solo conocía las ostras de la Bretaña, pero me he convertido en una fanática total de las de Bouzigues, cultivadas a orillas del Mediterráneo.

«SE VENDE». Del escaparate de la librería que está en la esquina de la Place aux Herbes, colgaba un cartelito. Y yo me quedaba mirando fijamente las letras azules sobre el papel de estraza beis...

¿Por qué no?

Me gustan los libros.

Me gustan todos los libros.

Tanto los chiquititos, escritos de una sentada, como los enormes, que son la obra de toda una vida; los antiguos, con su encuadernación hecha trizas, y también los que presumen de sus bonitas fajas rojas, recién salidos de la imprenta.

Me gustan los libros que cuentan grandes historias novelescas capaces de arrancarnos unas lagrimillas, pero también me resulta muy placentero dejarme arrastrar por los vagabundeos intelectuales y eruditos de los ensayos, que me hacen sentir más lista.

Me gustan los libros sobre arte, que nos traen a domicilio los cuadros del Louvre o del Prado, así como exóticas imágenes venidas de los cinco continentes. ¿Cuántos de nosotros no tendríamos ni idea de tales maravillas si no fuese por los libros?

Me gustan los lomos de los libros. Cuando están colocados en los estantes, los miramos con la cabeza ligeramente ladeada, como si les mostrásemos nuestro respeto antes incluso de abrirlos.

Me gusta el papel. Es difícil hablar del papel en singular. Me gustan los papeles de las páginas que pasamos y de las que a veces nos despistamos. Si está bien escogido, un papel armoniza con las palabras, y las páginas se suceden con deleite. Cuando desentona, puede llevar a que el lector se rinda, irritado por una concordancia ilusoria.

Un papel demasiado blanco no encaja con una historia de amor, pues el amor nunca es de un blanco inmaculado; amarillea con el tiempo, guarda el rastro de los roces y las caricias lo mismo que las sábanas de un lecho tras un revolcón.

Un papel gofrado aporta profundidad a las palabras. Estas se imprimen y se instalan cómodamente en la espesura de las fibras, como un gato en los cojines de un sofá. También me gustan las palabras sobre las páginas. Y no me refiero al sentido de las palabras, sino al ritmo que crea el movimiento del gris. Entre palabra y palabra, un espacio siempre igual garantiza una distancia de cortesía que evita que atropelle a la de al lado y que le permite tomarse un respiro. Si fuésemos como las palabras de una página, estoy segura de que la bondad tendría mucho más margen para hacerse un hueco.

Un día, me encontré con un libro en el que se habían olvidado de los espacios. Al momento me entró un ataque de agorafobia de la pena que me daban aquellas palabras enlatadas como sardinas, maltratadas como si fuese la hora punta en el metro de París.

Tengo tantos amigos que han fantaseado con tener una librería como con abrir una pensión. Son sueños protectores, sueños que, a veces, son mecanismos de evasión. Encontrar refugio en los libros o entre cuatro paredes...

Creo que los libros despejan más horizontes que las paredes.

Esa misma noche, sin dejarle siquiera tiempo a que se quitase la mochila, abordé a Nathan con el entusiasmo de una adolescente:

—¡La librería de la Place aux Herbes está a la venta!

—¿Y qué?

—Que quiero ser la nueva librera.

—¡Menuda idea! ¿Y qué hay de tus clases, de tu carrera?

—Sabes perfectamente que una profesora no hace carrera. El único avance que experimenta es hacia la vejez. Además, ni siquiera sé adónde me van a destinar. ¡Puede que a la otra punta de Gard!

—Te llevará muchísimo tiempo. ¿Tienes idea de lo que supone una librería? Para empezar, se trata de algo comercial, de un pequeño negocio. Ganarás menos que siendo profesora, eso por descontado.

—Me importa un bledo. Y en cuanto al tiempo, estoy buena parte de él sola. Necesito un proyecto de verdad o me volveré neurasténica.

—Si vas a recurrir a ese tipo de argumentos, no podré seguir resistiéndome.

Nathan es un buen hombre. Un poco egocéntrico a veces, pero es algo habitual entre los arquitectos. Tienen la impresión de ser indispensables para el correcto funcionamiento del mundo. Algunos son auténticos visionarios; otros, verdaderos peligros públicos que proyectan casas para los demás en las que ellos no serían capaces de vivir. ¡Los peores son los que miden sus logros en función de las toneladas de hormigón vertidas!

Al firmar el acta notarial que me convertía en la propietaria de la librería, creo que sentí la misma felicidad que al nacer mis hijos. La diferencia está en que, al hacerme librera, tenía la sensación de que estaba dándome a luz a mí misma más que trayendo a la vida a alguien.

Les debo mucho a mis lecturas. Fueron ellas las que me hicieron crecer y escoger mi camino, las que me han permitido ver el mundo no solo desde mi óptica sino también desde el punto de vista de aquellos que me han mostrado otros universos, otras épocas.

Nunca me he sentido tan en conexión conmigo misma como al leer las palabras de otro. Y todos los que me han acompañado en mi intimidad lo han hecho con pudor y sin juzgar jamás mi manera de sentir. No me conocen, pero yo he descubierto quién soy precisamente al sentir el roce de sus frases. He llorado con ellos tanto como me he reído.

Debo de haberlo heredado de mi padre. No lo recuerdo sin un libro en las manos, siempre tenía varios a medias. Estaban los de la mañana y los de la noche, los de la butaca del porche o los que leía en la cama.

Los libros no se ponen celosos. Se hacen a un lado para dejarle sitio a una nueva conquista y saben estarse quietos y permanecer a la espera durante siglos, hasta que el brazo de un niño apuntando a un estante los recupera para la causa.

Yo fui esa criatura frente a la estantería de mis padres.

Mis primeras compañías nocturnas fueron unos libros de bolsillo con las páginas amarillentas. Kessel, Giono, Mérimée, Malraux, Saint-Exupéry...; me quedé hasta las tantas con todos ellos antes de dormirme hecha un ovillo en brazos de tan excelsos hombres.

Recuerdo la primera vez que metí la llave en la cerradura de la librería.

En Uzès reinaba el silencio, como sucede normalmente los lunes. El sol otoñal estaba saliendo aún y empezaba a iluminar las copas de los plátanos. Sorprendentemente, me vi girándome para comprobar si había alguien mirando. Todavía sentía que me faltaba legitimidad y que estaba abriendo una puerta que no me correspondía.

Pero la plaza estaba vacía, y yo estaba sola. Sola con mi felicidad.

Giré la llave. Al instante, el olor del papel me dio la bienvenida. Ese olor iba a convertirse en mi rutina, tanto que un buen día Nathan me anunció que el aroma del papel había pasado a ser el mío.

Los antiguos libreros se jubilaron tras pasar treinta años en aquel sitio. Los libros que había en las baldas eran el fruto de su selección, y las estanterías que los albergaban mostraban la pátina de los años.

Acariciaba el lomo de los libros como si fuesen las teclas de un piano. Al leer los títulos, iba componiéndose una melodía íntima que se asemejaba más a la *Sinfonía del Nuevo Mundo* de Dvořák que a un preludio de Bach: un auténtico espectáculo de luz y sonido desordenado, con todos los instrumentos de la orquesta y los colores de la más amplia gama de los pasteles.

La librería mide algo menos de ciento cincuenta metros cuadrados, pero tiene varios rincones que permiten crear zonas un poco diferenciadas: el rincón juvenil, el de los libros bonitos, el de los ensayos... Hay una gran cristalera que da a la plaza, y dos más pequeñas orientadas hacia una callejuela lateral llena de encanto.

Me senté en el taburete de madera tras la vieja mesa en la que estaba colocada la caja y me quedé un buen rato calibrando con la mirada aquel espacio.

De las baldas, se desprendía una energía a la vez poderosa y apacible, como si cada uno de los autores se hubiesen escondido detrás de su libro y me observasen en mi desnudez.

Sentí el vértigo de la nueva responsabilidad que acababa de adquirir al girar la llave de la librería.

Antes de aquel primer día, no había tomado ninguna decisión en relación con las obras que posiblemente habría que llevar a cabo. Dudaba entre dos opciones radicales: rendirme al modelo anterior, fusionarme con aquel universo que me era ajeno o, por el contrario, cambiarlo todo para no quedarme anclada en la senda marcada por los antiguos propietarios, como si se hubiesen ido de viaje y contasen con volver algún día.

Alguien tocó en el escaparate de la librería. Había dejado el cartelito que indicaba que el negocio estaba cerrado, pero la chica que venía a presentarse traía en las manos una bandeja con una tetera y dos tazas. Me dedicó una sonrisa de oreja a oreja, así que le abrí la puerta.

–Buenos días. Me llamo Hélène. ¡Bienvenida! Tengo una tiendecita de ropa en la calle de al lado. ¡Me alegro tanto de que la librería no se convierta en una pizzería! Le he traído té, pero no le robaré mucho tiempo.

–Gracias, Hélène. Yo soy Nathalie. He de decir que todavía no soy muy consciente de lo que estoy viviendo, pero también estoy feliz. ¡Muy feliz!

–Si quiere, puedo ayudarle a pintarlo todo cuando se ponga manos a la obra.

–Es muy amable por su parte. ¡Precisamente, estaba pensando cuándo será eso!

En realidad, yo también había caído en lo que para Hélène era de cajón: para poder recibir a los visitantes como en mi propia casa, la librería tenía que parecerse a mí.

Dediqué dos meses –con la ayuda ocasional de Nathan, la habitual de Hélène y la de Guillaume, que vino una semana entera para colocar las estanterías– a darle un nuevo aire a la librería.

¡Bah!, tampoco era cuestión de cambiarlo todo para que pareciese una librería cualquiera, blanca e insulsa al estilo Ikea, sino de conservar su personalidad combinándola con materiales nobles y sobrios donde los libros siguiesen siendo los amos del lugar.

Retiramos las viejas juntas de las paredes de piedra, fregamos las bóvedas de los techos, dejamos a la vista las bonitas ojivas y aplicamos una imprimación fijadora incolora para que las paredes no soltasen polvillo.

Dudé mucho entre la haya y el pino claro macizo a la hora de encargar las estanterías, pero al final me decanté por el pino. Y con él logré a la perfección el efecto que buscaba: el pino es una variedad casi blanca, alegre, y es como si la madera que rodea a los libros los iluminase.

También quería encontrar un sistema de iluminación suave pero lo suficientemente potente. Opté por unas bombillas desnudas y muy originales, colgadas simplemente de unas cuerdas trenzadas de color naranja que imitan el cableado de las casas de antes.

Las únicas piezas antiguas con las que me quedé fueron el taburete y la mesa en la que estaba colocada la caja. Cosas de mi lado supersticioso. ¡La intuición me decía que no debía separarme del taburete!

Respecto a los libros, había decidido devolver a las estanterías los que las habían ocupado hasta ese momento e ir introduciendo a los autores y editores que echaba en falta sin poner patas arriba un fondo de garantía.

A decir verdad, los estantes han cambiado mucho desde entonces, y he comprobado que lo único que piden los compradores es dejarse guiar por los gustos del librero en busca de nuevos pastos. Es imprescindible disponer de los clásicos, los libros premiados, las obras de la zona, pero, al margen de eso, es tarea del librero ofrecer propuestas, darle su toque a las recomendaciones y, también, levantarles un poco el listón a los lectores.

¡Apostar por la belleza y la inteligencia siempre da resultado!

Lo que no sabía es que al convertirme en librera les iba a coger tanto cariño a los lectores como a los libros.

Que, después de tanto buscarme a mí misma, los libros me harían conocer a hombres y mujeres, a niños y mayores, a gente triste, conformista, alegre, a asesinos, a sabios sin hogar, a seductores en horas bajas, a poetas cojos pero luminosos, a enamoradas frígidas, viajeros estáticos, glotones penitentes, a religiosos en busca de sentido...

He compartido sus vidas siguiendo sus lecturas. A veces, he ido por delante de ellos gracias a los libros que les he recomendado.

En esas páginas ya impresas fue escribiéndose una nueva historia, con las palabras de unos montadas sobre las de otros.

Y esa es la historia que he decidido poner por escrito.

Cloé

En un arrebato de libertad

Al cabo de unos meses, empezaba a tener ya una clientela habitual.

Algunos venían con una idea muy clara de lo que querían comprar, otros se dejaban llevar por la curiosidad de descubrir las novedades.

Me asombra comprobar que a algunos grandes lectores ni se les pasa por la cabeza tomar prestado un libro en una biblioteca y son capaces de comprarse uno –o dos o tres– libros a la semana. Con todo, no compran diez de una vez, pues les agrada convertir su visita semanal en un ritual casi inalterable. En ocasiones, se disculpan por no haber venido en una semana, algo que me resulta divertido. Y suelen ser ellos los que me avisan sobre la próxima publicación de algo, con una especie de deleite si son incondicionales de un autor y acaban de anunciar su próximo libro.

Algunos clientes se ciñen a una parte de la librería, siempre la misma estantería. Están, por supuesto, los amantes de la novela negra, pero también los que solo se interesan por los ensayos o por la sección de Psicología. Estos «especialistas» se convierten en expertos, y me gusta hablar con ellos porque yo soy una generalista y gracias a ellos descubro verdaderas joyas de las que no sabía nada.

La primera vez que vi a Cloé, la acompañaba su madre. No se parecían y, sin embargo, saltaba a la vista que eran madre e hija. Cloé es una chica mona, alta, morena, de piel ligeramente bronceada y ojos claros, con una mirada que no se puede sostener. Su madre es bastante fuerte, con el pelo rubio, la piel pálida y estropeada, y un tono cortante y resuelto que no deja margen al chachareo.

Me llamaba la atención su indumentaria. Me costaba calificarla de *look*, siempre tan clásica y triste que parecía de otra época: una chaqueta de corte sobrio, siempre de color azul marino, sobre una falda plisada roja o gris y combinada invariablemente con unos mocasines negros. No había riesgo de que una mirada indiscreta se les colase por el escote, pues ambas mujeres llevaban anudado al cuello un fular estampado, intuyo que con el logotipo de una gran marca parisina. En Uzès, esos atuendos clasiquísimos son tan poco habituales que se hacen notar, a diferencia de en Neuilly o en Burdeos.

Cloé seguía a su madre entre las estanterías. Los tres libros que escogieron habían salido de la balda en la que estaban reunidos los grandes clásicos de la literatura francesa. Pusieron a Alphonse de Lamartine, Victor Hugo y Stendhal al lado de la caja; me dio la impresión de que se trataba de una compra sacada de una lista de libros de lectura obligatoria para el instituto.

Cloé cogió los libros, le dio las gracias a su madre y salieron de la librería tras despedirse educadamente de mí. Diez días más tarde, tuvo lugar la misma escena. En aquella ocasión, los elegidos fueron La Fontaine, François Rabelais y Alexandre Dumas.

Cuando Cloé le estaba dando las gracias a su madre, me entraron ganas de saber a qué se debía dicha elección:

—¿Son libros recomendados para el instituto?

—No, pero son ideales para mi hija. A ella le encanta leer.

–Ah... Muy bien. ¿Y los escoge usted por ella? Quizás yo podría recomendarle a la señorita algunos libros más actuales e igualmente adaptados a su edad...

La madre me fusiló con la mirada, y, por primera vez, Cloé me dedicó una tímida sonrisa.

–¡No creo haberle pedido nada, señora! ¡Y me parece que soy la más indicada aquí para determinar lo que le conviene a mi hija!

–No pretendía ofenderla. Era una simple propuesta...

Cuando le conté la escena a Nathan, se echó a reír. Le costaba creer que todavía se diesen ese tipo de prácticas. Y es que en determinados centros escolares, así como en ciertas familias, la literatura se quedó congelada a finales del siglo XIX. Stendhal, Honoré de Balzac, Victor Hugo y compañía han adquirido tal dimensión que están considerados un peaje intelectual obligatorio para el lector en formación.

Lo mismo sucede con la iniciación al arte, como si hubiese que aprender a valorar la pintura flamenca, a los románticos y a los impresionistas antes de entregarse a la pintura contemporánea.

La música es la única que no ha sufrido dichos itinerarios impuestos, escapándose de las salas de conciertos gracias a la radio. Yo escuché a Cat Stevens, Genesis o Joan Baez mucho antes de descubrir a Schubert o Mozart.

A la gente joven le resulta infinitamente más fácil conectar con los artistas del momento que recurrir a la arqueología literaria para que surja la chispa.

Mi objetivo es un poco radical, por supuesto, pero estoy convencida de que una enseñanza artística basada en una pedagogía del deseo es la mayor garantía para desarrollar un auténtico espíritu crítico, liberador y sin el lastre que suponen las épocas y las modas.

Por culpa de esos programas obligatorios en nuestra etapa escolar, muchos adultos seguirán resistiéndose años y años a abrir un libro clásico por placer. ¡Por desgracia, los primeros damnificados son Balzac, Stendhal y Hugo!

Fue lo que le pasó a Nathan. Hasta hace tres años, no le concedió el beneficio de la duda a la literatura clásica leyendo *El noventa y tres*, la última novela que escribió Victor Hugo y que mezcla narración histórica y ficción en torno a la Revolución francesa. Después de esa lectura, se sumergió en *En busca del tiempo perdido*, considerado por muchos como el Annapurna de la literatura con sus siete tomos y más de 3000 páginas.

Todo un verano con Marcel Proust. Todo un verano en el que vi a Nathan paladeando con deleite los melancólicos pensamientos del autor, nutriéndose de los diálogos de Swann, aceptando, de la mano de las interminables frases del escritor, darse el tiempo necesario para que las palabras fermentasen en él.

El término «novela río» se utiliza en ocasiones con tintes peyorativos. Ahora bien, un río es ante todo una suma de arroyos, torrentes y cauces de agua que acarrean millones de partículas orgánicas y minerales para ir a dar al mar. *En busca del tiempo perdido* posee esa misma riqueza, esa amplitud, esa profundidad que arrastra en sus corrientes la totalidad del pensamiento humano en su dimensión más íntima.

Uno puede llegar a un libro, a una frase de igual modo que a una isla en medio de un río. Porque tomarse tiempo para leer no es solo pasar una página tras otra, sino darles tiempo a las palabras. Tiempo para pararse, para masticarlas como las hierbas silvestres que uno recoge durante un paseo y se mete en la boca: aceptando que vayan asentándose; del mismo modo que reposa la masa de las tortitas, para volver a ellas luego.

A la edad de Cloé, me acostumbré a llevar una libretita en la que recogía esa espuma de los libros que son las citas. Algo así como el herbario de un botánico que va recolectando por las cunetas aquello que le parece más hermoso o que nunca había visto antes. No leo jamás sin tener a mano un cuadernito en el que conviven mis referencias, pero también los pensamientos que se me ocurren al leer una palabra, al encontrarme con un personaje o, simplemente, al acabar de leer un libro. Esos cuadernos son, sin lugar a dudas, mi posesión más íntima. Un día que Nathan abrió sin disimulo uno que había dejado sobre una mesa, me puse a gritar como si hubiese cometido un crimen.

Desde entonces, debo de haber acumulado una veintena de cuadernos, cada uno diferente del anterior y escogido con esmero. Recuerdo la primera cita del primer cuaderno: «La hierba debe crecer y los niños, morir», de Victor Hugo. Esa frase aún me da que pensar, tan poética y mordaz, asociando la imagen más bucólica que existe, la del prado verde, con el drama más cruel que pueda suceder: la pérdida de un niño.

He dispuesto esos archivos de mi historia personal en fila sobre una pequeña repisa. En el lomo, una etiqueta se limita a indicar la fecha en la que escribí las primeras palabras en sus páginas. Son mucho más que la espuma de mis lecturas, pues se trata también del reflejo de mi alma itinerante. Del mismo modo que otros miran álbumes de fotos, yo los reabro de vez en cuando; entonces, salen a la superficie momentos, rostros, sentimientos que a veces explican el presente y lo ponen en perspectiva. Me recuerdan, para bien o para mal, aquello por lo que ya he podido pasar...

Viendo a Nathan leer *En busca del tiempo perdido*, me acordé de que Proust también se había inspirado en Hugo a la hora de escribir: «Yo digo que el cruel dictado del arte es que las criaturas mueran y que nosotros mismos muramos tras agotar toda forma de sufrimiento, de modo que crezca no la hierba del olvido sino la de la vida eterna, la hierba tupida de las obras fecundas, sobre la que las futuras generaciones han de celebrar –sin preocuparse por los que descansan bajo ellos– su almuerzo sobre la hierba». Me gusta esa literatura que se da la mano, los pensamientos que con su estela alumbran nuevos discursos.

Todos los autores contemporáneos han leído a Marcel Proust y a Victor Hugo. Los autores clásicos han sido el sustrato de nuestra cultura colectiva, pero la cadena ha seguido creciendo, y no tiene ningún sentido obligar a Cloé, Élise o Guillaume a repasar todos sus eslabones para terminar llegando a unos textos que les proporcionen un placer más accesible fruto de la pluma de autores contemporáneos.

Algunas semanas más tarde de la visita de la madre y la hija, Cloé se presentó en la librería. Venía sola. Yo la veía deambular, paseándose como si no estuviese buscando nada concreto, cogiendo un libro y volviéndolo a dejar para pasar a otro, yendo de la sección de novela policíaca a la de Filosofía, antes de detenerse delante de un expositor de libros de cocina regional.

—¿Está buscando algo para regalo?

—No, gracias, solo estoy mirando...

Su respuesta se parecía más a la que uno se espera en una tienda de ropa que en una librería.

—Si puedo ayudarle en algo, no dude en decírmelo.

Después de pasar un buen rato más explorando las estanterías, se marchó de la librería tras decirme adiós.

La vi de nuevo al día siguiente, a última hora.

—Buenas tardes, señora.

—Buenas tardes, señorita.

—A decir verdad, me siento un poco perdida delante de todos estos libros. Cuando le dejó caer a mi madre que podría recomendarme algo, me di cuenta de que había más opciones que ella me ofrece.

Era la primera vez que Cloé me miraba a los ojos. Me sonreía como si se disculpase por no ser capaz de apañárselas sola.

—No sé si sabe, señorita...

—Me llamo Cloé.

—Vale, Cloé. Pues debe saber que la tarea de una librera es precisamente guiar a sus clientes. ¿Puede decirme qué tipo de libro está buscando?

—No tengo la menor idea. ¿No quiere escogerme uno usted?

En ese preciso instante, sentí la gran responsabilidad que tenía ante mí. Sabía cuáles habían sido las lecturas de Cloé y no se me había olvidado la frase matadora de su madre. ¿Debía mantenerme al margen o guiar a Cloé, que había decidido sacudirse la influencia materna? No quería fallarle a la chica, así que intenté rescatar de mi memoria qué libro me había marcado en mi etapa juvenil. Un libro para jóvenes que no fuese transgresor, ya que no me apetecía causarle un *shock* sin necesidad.

–Lea este –le dije tendiéndole *Memorias de África*–. Es una autobiografía de Karen Blixen, una historia preciosa que transcurre en Kenia a mediados del siglo XX, cuando el país era todavía una colonia británica.

–Gracias.

–Pero prométame que me dirá qué le ha parecido aunque no le haya gustado. ¡Y que no se le olvide nunca que un libro no es una obligación y que dejarlo al cabo de cincuenta páginas si se aburre no es un sacrilegio, sino una necesidad!

–Prometido.

Cloé cogió el libro y salió apretándolo contra el pecho, como si se tratase de un tesoro que quisiera proteger.

Un gesto que me resultó conmovedor.

Cloé volvió a la semana siguiente. Nada más entrar en la librería, la noté alegre y llena de entusiasmo. Me di cuenta al instante de que no me había equivocado.

–¡Es un libro magnífico! ¡Y qué mujer tan extraordinaria, esa baronesa! Qué pena me dio la muerte de Finch Hatton en el accidente que tuvo con su avioneta. ¿Cree que la Kenia de hoy en día aún se parece a la que ella describe?

–Diría que no. Hay todavía grandes parques naturales en los que viven leones y elefantes, pero Nairobi se ha convertido en una metrópolis muy contaminada. Hace tiempo que el barrio en el que estaba situada la granja de Karen Blixen ha sido devorado por el urbanismo salvaje. ¿A ti te gustaría encontrarte con Finch

Hatton y que te pusiese música de Bach alrededor de una hoguera?

Cloé se puso colorada.

–¡Eso sería maravilloso, sin duda! Y me gustaría llevarme otro libro. ¡Que sea parecido!

–¿Parecido? ¿A qué te refieres? ¿A un libro que esté ambientado en el extranjero? ¿En una época distinta a la nuestra? ¿Que cuente una historia de amor?

–No sé... Lo dejo otra vez en sus manos.

Tenía mis dudas. Más que nada, la cuestión era no ir demasiado deprisa. Avanzar poco a poco para que la joven lectora progresase a su propio ritmo. Pensé de nuevo en mi hija Élise, en los libros que más le habían gustado.

–Te recomiendo *La Biblia envenenada*, de Barbara Kingsolver. Es una novela que transcurre también en África, pero ese es el único punto en común con el de Karen Blixen. Vas a descubrir las peripecias de una familia cuyo padre es un pastor radical que decide abandonar los Estados Unidos con su mujer y sus cuatro hijas y regresar al Congo Belga en los años cincuenta.

–¡Qué bien! Muchas gracias.

Los ojos le hacían chiribitas. Y yo sentí esa alegría de cuando recomiendo un libro del que me gustaría revivir la emoción de leerlo por primera vez.

El sábado siguiente, Nathan había venido a hacerse cargo de la librería mientras yo iba a comprarle el pescado a Clément, el pescadero ambulante que tiene fama de acudir cada mañana a la llegada de los barcos de Sète para escoger la mejor mercancía. Yendo y viniendo entre los puestos, me di de bruces con Cloé y su madre.

–Buenos días, señora. Buenos días, Cloé.

Cloé estaba rara. Parecía incómoda de verme y se colocó un paso por detrás de su madre con un dedo en los labios como pidiéndome silencio.

Comprendí entonces que su madre no estaba al corriente de sus visitas a la librería ni puede que de los libros que ella había empezado a leer. Respeté su consigna y me limité a soltar un:

–¡Hasta pronto! Tengo que espabilar e ir al puesto de Clément si no quiero quedarme sin rape.

Me crie en Rabat, en Marruecos, a la orilla del río Bu Regreg, que va a desembocar en la parte baja de la Qasba de los Udayas. De niña, me encantaba observar a los pescadores que regresaban de sus salidas a faenar, vaciaban su pesca en unas enormes cestas de mimbre y reparaban con cuidado las redes dañadas.

A veces, comíamos unos buenos platos de sardinas a la parrilla, dispuestos sobre unas mesas grandes cubiertas de coloridos hules. Cuando compro el pescado en el puesto de Clément, el olor me devuelve las sensaciones de la chiquilla que comía con los dedos sus sardinas al limón.

Hay algo extraño en la memoria de los olores. Nuestras películas y nuestras fotos pueden grabarlo todo menos los olores. Y, sin embargo, esos recuerdos olfativos están muy vivos y basta con que me cruce –aunque sea décadas más tarde– con un olor del pasado para que se reactive el recuerdo del desván de la casa de Chaumont-sur-Loire, del pasillo que olía a cera a causa de aquel ropero que la abuela conservaba primorosamente o del jazmín estrellado que cubría toda la veranda, en la que el abuelo preparaba sus esquejes.

Humildemente, me siento interpelada por la hermosa pregunta de Charles Baudelaire en *Las flores del mal*: «Lector, ¿alguna vez has respirado con embriaguez y lenta golosina el grano de incienso que satura una iglesia?».

Hace falta tan poco para que un olor se apodere por completo de un espacio...

He comprobado que existen maridajes maravillosos entre libros y olores, asociaciones que nos resultan arrebatadoras hasta el punto de que las palabras y los aromas dan lugar a una narración apasionada, capaz de llevar al lector mucho más lejos de lo que viajan las simples palabras.

No hay nada como el tejado de un *riad* en la medina de Fez para leer *Las mil y una noches* o la terraza de un café neoyorquino para vivir al compás de los personajes de Paul Auster.

De buena gana, escribiría yo una guía de viajes basada únicamente en la relación entre escritores y ciudades: Pessoa y Lisboa, Cervantes y Madrid, Murakami y Tokio, Stendhal y Roma, William Boyd y Londres... Para eso, ¡tendría que visitar cada una de esas ciudades, encontrar el libro perfecto para recomendar y el mejor lugar para leerlo!

Sería un bonito proyecto para proponerle a Nathan cuando se retire. Él se encargaría de acarrear el equipaje, hacer las reservas de hotel y elegir los restaurantes, y yo dedicaría las mañanas a leer y las tardes a escribir..., o viceversa.

Mi infancia en Marruecos es uno de mis preciados tesoros. El despertar de mis sentidos alcanzó su esplendor en aquel país, en el que el olor de las especias, los colores de la cerámica, las bandejas de cobre y sus destellos al sol le hacían creer a mi yo infantil que vivía en el mundo de las princesas.

De aquella época, conservo sin duda el gusto por los colores cálidos y vivos: los ocres, los carmines, los azafranes y el rosa de las flores secas que se recogen en la garganta del Dadès. «Los soles que uno lleva dentro como una carreta llena de naranjas», que diría Aragon.

Soy consciente de que si me gusta vivir en la Provenza es, obviamente, porque el calor, la luz, la cocina del sur alimentan mis recuerdos de infancia. Sobre todo, el mercado, que me traslada a los puestos del zoco de Salé, al que acompañaba siempre a mi madre. Fue ella quien me enseñó a escoger las berenjenas, los pepinos, los tomates...

Conocerse a uno mismo no tiene nada que ver con recitar de carrerilla el currículum sin dejarse nada en el tintero. A menudo me sorprende la gente a la que veo por primera vez y que resume su existencia en su carrera profesional y el número de hijos que tienen. Expresar quiénes somos no es decir lo que poseemos o lo que hacemos. Pero está claro que no todo el mundo está hecho para poner en práctica los cinco sentidos.

Un día, una amiga me regaló un masaje con Joëlle, que da masajes a domicilio. Fue todo un descubrimiento. Yo estaba desnuda sobre la camilla, y ella había conseguido sacarme de mi coraza al empezar la sesión dándome a oler diferentes aceites esenciales. En cada caso, tenía que decirle si me gustaba un poco, mucho o nada de nada.

De repente, le dije: «¡Ese me encanta! ¿De qué es?». Era aceite esencial de azahar. Y comprendí al instante que aquel olor me transportaba a las calles de Rabat, a la estación en la que los naranjos desprenden su aroma.

Era el olor de la infancia. Joëlle me había puesto unas gotitas de aquel aceite en las sienes, y fue así como logró abrir de par en par las puertas de mis sentidos.

Desde entonces, los masajes se han convertido en una cita ineludible en mi rutina, el momento en que la mente deja paso a los sentidos.

Por eso me encantan los autores que saben aromatizar sus historias, esos autores cuyas palabras pueden pasar rozándome la piel o dejar en ella una película indeleble.

Por ejemplo, leyendo el libro de Sorj Chalandon, *La cuarta pared*, tuve la impresión de estar en medio de las ruinas de Beirut. Salí de él con las heridas de una mujer en plena guerra del Líbano.

Buscar el color predominante en un libro, su olor, su ruido... es un ejercicio interesante. De hecho, podemos aplicarlo a cada etapa de nuestra vida.

Se lo enseño a Nathan para que deje un poco de lado la acción permanente. Al principio, le resultaba complicado, pero el otro día me llevé una sorpresa con él. Mientras se ponía el sol –muy temprano, como corresponde en invierno–, supo situarse en el momento presente y sentir «el olor del fuego que se apaga en la chimenea, el malva del cielo incendiado antes de que caiga la noche, el crujido de las hojas muertas que se arremolinan en un rincón del patio».

Cuando Cloé volvió a la librería, había mandado su falda plisada de vuelta al armario y vestía unos vaqueros, los mocasines se habían convertido en unos botines y llevaba puesta una bonita blusa, sobre la que caía su melena suelta. Una preciosa jovencita que muy pronto empezaría a romper corazones.

45

Yo había decidido no mencionar el encuentro en el mercado, pero, de todas formas, quiso hacerme la siguiente confesión:

—Si mi madre se enterara de que leo algo distinto a lo que ella me compra, ya no me dejaría venir a verla.

—Pero ¿cómo te las apañas para leer tus libros?

—Leo en los recreos y por la noche, cuando mis padres se van a la cama. A veces, me cuesta un poco levantarme por la mañana. Cuando termino un libro, lo llevo a casa de mi amiga Claire.

—«Por la noche, la razón duerme y solo las cosas existen. Aquellas que de verdad importan recuperan su forma original, sobreponiéndose a las destrucciones de los análisis diarios; el hombre reúne sus pedazos y se convierte en árbol en calma». Es una cita de Antoine de Saint-Exupéry. A ver, Cloé, no es un delito leer esos libros... A lo mejor, deberías simplemente decirle a tu madre que ya tienes edad para elegir tus lecturas.

—Aún no. Ahora, no. Esa cita es muy bonita. Efectivamente, me gusta la noche. A veces tengo la sensación de que soy la única habitante de Uzès que está despierta. Así que puedo dedicarme en exclusiva a las palabras, seguir su rastro y marcharme con los personajes sin que nadie se dé cuenta. Es como una fuga... Ay, ¡quiero otro libro!

—¡Menuda impaciencia! Pero antes de recomendarte algo, cuéntame un poco sobre el que acabas de terminar.

—¡Me ha encantado Leah, una de las hijas del pastor! Es realmente increíble. ¡Me gustaría ser como ella! Tan radiante, viviendo cada momento como si fuese un regalo. Está abierta a todas las posibilidades que le ofrece la vida. Aunque su padre no es lo que se dice fácil. Claro que la religión puede ser un instrumento para crecer y vivir, pero qué horror cuando acaba no siendo más que fanatismo. Me ha parecido un libro muy inteligente, porque en cada una de las hijas he visto reflejadas a todas las hijas de este mundo. ¡Pero yo sigo queriendo ser Leah!

–¡Una estupenda crítica literaria, sí señor! Puedo recomendarte otro libro, pero ¿no tienes ninguno en mente? ¿Algún libro que acaben de publicar y del que le hayas oído hablar al autor?

–No, mis amigas no son muy lectoras. Solo Claire, que a veces me habla de lo que lee, pero salta a la vista con solo ver la portada y leer la sinopsis de la contraportada que son novelas románticas.

–Hay vida más allá de Claire. Está la televisión, la radio, ¡Internet!

–En casa no tenemos ni televisión ni Internet. Y lo único que escuchamos en la radio es música clásica.

No me lo esperaba, y debió de notárseme la sorpresa en la cara...

–Ya sé que es asombroso, pero no crea que me da pena. Tengo unos padres que me quieren y que hacen por mí lo que consideran que es lo mejor. Gracias a ellos descubrí el piano, el dibujo, la equitación. No tengo muchos amigos que vayan a tantas actividades.

Me gustó la reacción de Cloé. Tenía razón: ¿quién era yo para juzgar a sus padres?

–¡Me apetece una historia de amor!

–Bueno, eso ya acota más el terreno.

–Según usted, ¿cuál es la más bonita?

–¡Vaya una pregunta! Por suerte, hay tantas diferentes que no puedo darte una respuesta. Están las que empiezan bien y acaban mal o al contrario; los amores imposibles, los amores sin futuro, etcétera. Hay obras maestras muy clásicas que siguen siendo una joya, como *Romeo y Julieta*. Es una obra de teatro que puede parecer pasada de moda, pero ninguna lo está si la ha escrito Shakespeare.

»*La Princesa de Clèves* es otro libro magnífico que cuenta cómo un amor imposible por culpa de las convenciones sociales marca por completo la vida de una mujer, incapaz de olvidar al señor de Nemours hasta el punto de morir de melancolía.

»Y está también *Eloísa y Abelardo*, una obra de teatro que cuenta el despertar al amor de una joven que se queda prendada de un seductor empedernido...

—Quiero esa, *Eloísa y Abelardo*.

Antes de pagar su compra, Cloé se acercó a una estantería y cogió un libro que, por lo que se veía, le había llamado la atención en sus anteriores visitas: *Manual de las chicas*. Qué bien se sigue vendiendo ese librito, una verdadera mina de información para chicas que tienen un montón de preguntas y no saben cómo o a quién hacérselas.

No le hice ningún comentario a Cloé, que se marchó con los dos libros.

Unos días más tarde, estaba atendiendo a un cliente cuando la madre de mi joven lectora irrumpió en la librería.

—¡Me ha traicionado!

—Buenos días, señora. Si no le importa, termino con este señor y enseguida estoy con usted.

—Eso, eso, ¡termine!

No sé qué pensaría el chico al que le estaba envolviendo para regalo un libro precioso sobre las construcciones con piedra seca. Le dejé claro que mi traición no era una cuestión de Estado y que a la mujer que acababa de aparecer le faltaba un poco de mesura.

No bien se marchó el chico, la madre volvió a la carga:

–¡Cómo se le ocurre! ¡*Eloísa y Abelardo*!

–Señora, esto no es una taberna. Nada me impide venderle un libro a una menor. ¡Especialmente, si es ella quien lo elige!

––Pero Cloé no ha podido escoger un libro así sin que usted se lo haya recomendado.

–Claro, a eso me dedico. Cloé es una chica inteligente y sensible. ¿De qué tiene miedo? Yo también soy madre de dos hijos, y le aseguro que los libros son una oportunidad única de que pongan a prueba sus propios deseos viéndose reflejados en experiencias autobiográficas o ficticias. Es importante para una persona joven en una etapa en la que se ve obligada a tomar decisiones que marcarán su vida adulta. Me siento muy orgullosa de la confianza que Cloé deposita en mí, y le aseguro que soy una mujer responsable y solo quiero lo mejor para ella.

La madre de Cloé salió de la librería dando un portazo.

No pude evitar preguntarme si volvería a ver a la chica.

Pensé en Élise, mi hija mayor.

Antes de que llegase a la adolescencia y rechazase por sistema cualquier recomendación que yo le hiciese, tuve la suerte de compartir mi biblioteca con ella. Se crio mamando del biberón de la colección infantil de la editorial Bayard, empezando por sus cuadernos de lectura para terminar por sus revistas, y descubrió muy pronto la pasión por los libros.

Era feliz compartiendo eso con ella. Los libros eran el testigo que yo le cedía, convencida de que serían un jardín en el que podría coger flores tanto para alimentar su imaginación como para tomar ejemplo para su propia historia.

Había noches en las que, nada más terminar de tragarse la cena, volvía al libro que había dejado apenas unos minutos antes. Le notaba entonces un brillo en los ojos generado por las emociones del viaje literario en el que estaba inmersa. Con solo verle la portada al libro, yo me unía a su disfrute. Iba acompañando cada página que pasaba con observaciones llenas de complicidad que daban lugar a otros tantos diálogos entre nosotras.

Echo tanto de menos esa maravillosa cercanía ahora... Tengo la impresión de que la famosa «crisis de la adolescencia», que asumimos como un proceso inevitable, es tremendamente violenta. ¿Recuperaremos algún día Élise y yo esa relación tan bonita que teníamos antes?

Muy pronto pude dejar de preocuparme por el regreso de Cloé, ya que este se produjo al día siguiente de la visita de su madre.

–Tiene que perdonar a mi madre. Cuando me contó que había venido a verla, me dio vergüenza. Le he dicho que ya no tengo diez años y que, si volvía a hacerlo, dejaría el piano, la equitación y me negaría a acompañarlos cuando vayan de concierto. Al final, mi padre se puso de mi parte. No es de muchas palabras normalmente, pero le parece que ya va siendo hora de que yo sea un poco más autónoma, también en lo que respecta a mis gustos culturales.

Y yo me alegraba de que así fuese.

Durante las siguientes semanas, Cloé vino a verme con regularidad, y yo seguí recomendándole un recorrido iniciático de libro en libro, como si se tratase de un camino de piedras al estilo japonés sobre el que podía pisar sin peligro de caerse.

Cada vez que terminaba uno, teníamos una charla agradable en la que yo veía brotar a la vez sus opiniones y sus inquietudes, así como aquello que la hacía feliz.

En Uzès, cada estación tiene su encanto. En invierno, el pueblo no descansa. Es el momento de los que viven aquí todo el año, de los iniciados. La fiesta de la trufa es el broche de oro invernal. A lo largo de todo el fin de semana, la plaza se cubre de puestos dedicados al otro oro negro.

Las trufas no se exponen en cajas de madera como las zanahorias o las peras en un día de mercado. Da la impresión de que se materializan por arte de magia en las manos del vendedor, que luego las pesa en una báscula minúscula para ponerles precio. Cien gramos de trufa pueden venderse por unos ciento treinta euros, ¡igual que el caviar de beluga! Y yo soy capaz de muchas cosas por el beluga, pero no por una trufa. Nunca me he atrevido a decírselo a nadie, porque aquí lo considerarían una blasfemia y me echarían del pueblo, ¡no sin antes torturarme!

Como aquel era nuestro primer año allí, Nathan había reservado dos sitios en la cena de gala que organiza el sindicato de truficultores. Unos chefs con estrella Michelin se encargaban de cocinar todo un menú a base únicamente de trufas. ¡Ese fue mi bautismo de fuego! Trescientos comensales reunidos, de los cuales —por lo que pude comprobar— solo unos pocos eran de la comarca. Había suizos, ingleses, belgas, norteamericanos...

Algunos habían hecho el viaje solo para asistir a esa cena y me confesaron que no se la perdían nunca.

Dado que me costaba apreciar el sabor de la trufa en toda su extensión, un experto local se prestó a hacerme de guía:

—Tiene que cortar una lámina finita de trufa cruda, echarle una pizca de sal y pegarla al paladar. Manténgala en la boca unos segundos antes de morderla. ¿Nota ese aroma?

Tenía la impresión de estar en misa. Al comulgar, la hostia se me queda muchas veces pegada al paladar, y me pongo a menear la lengua hasta que consigo despegarla. Ni que decir tiene que eso altera un poco mi nivel de recogimiento.

A pesar de los consejos del experto, me seguía costando sumarme con sinceridad a los elogios maravillados que suscitaba dicho hongo...

Cada vez que nos servían un plato, nos recomendaban que le rayásemos trufa encima como si le echásemos gruyer a unos espaguetis. Con todo, he de admitir que aún guardo en mi memoria gustativa los ravioli que cocinó el joven chef Fabien Fage, en aquel restaurante de Villeneuve-lès-Avignon...

Solo hubo una ocasión en la que Cloé no vino contenta con su lectura.

—No me ha gustado *Un taxi malva*. ¡Los personajes me resultan excesivos y no he conseguido meterme en la historia!

—Pero, Cloé, tienes todo el derecho del mundo a que no te guste un libro. A mí me encanta Irlanda, y ese libro es una declaración de amor al país y a sus habitantes. ¿Por qué has seguido hasta el final si no te gustaba?

–No lo sé.

–Pues, para que me perdones por haberme equivocado, te regalo el siguiente.

Tiempo después entendí que la novela de Michel Déon le había recordado a Cloé una parte oscura de la historia familiar. Esos libros que leemos de cabo a rabo por mucho que no nos gusten suelen ser los que nos conducen a nuestros propios agujeros negros. Cuando un libro se cruza en nuestro camino, es porque estaba esperándonos, porque iba siendo hora de que nos encontrásemos con el. Y es que, cuando hablamos de un libro, no solo se trata de lo que hemos leído sino también de nosotros mismos.

Algo que también es válido para el escritor. Hasta la ficción más inverosímil cuenta algo de su autor, aunque luego nos llevemos esa historia a nuestro terreno.

Las palabras de los libros son como las olas que surgen al otro lado del mundo y alcanzan nuestras vidas al venir a romperse en nuestros acantilados o deslizándose suavemente hacia una playa de arena fina. Y no basta con cerrar un libro que nos incomoda para hacer que los acantilados desaparezcan...

Acababa de cerrar la librería y de apagar los focos del escaparate cuando un chico tocó en el cristal. No suelo abrir fuera del horario establecido; si no, no descansaría nunca.

Me gusta especialmente ese momento en que me quedo a solas con los libros. Entonces me siento la más privilegiada del mundo, rodeada de las historias más bonitas que se hayan escrito, desde los dramas más trágicos a las utopías más descabelladas. En mi cabeza, jugueteo con los ganadores de premios literarios, mezclo épocas y me hago íntima de aquellos a los que admiro.

Joyce Carol Oates y Paul Auster son mis confidentes; compinchados, Albert Camus y Jean-Paul Sartre repasan con la mirada a Amélie Nothomb mientras yo les organizo una cita a Simone de Beauvoir y a Nancy Huston. ¡Con la de cosas que tienen que decirse!

Aun así, aquella tarde decidí abrirle al chico.

Debo admitir que era un jovencito muy guapo. Podría pasar por un piloto de la vieja escuela. Llevaba una magnífica cazadora de cuero con cuello de borreguillo y unas botas de caña alta. Tenía unos ojos preciosos. Unos ojos que me recordaban a alguien, pero no sabría decir a quién.

—Buenas tardes, señora, gracias por abrir. Si no, habría llegado con las manos vacías al cumpleaños de mi hermana pequeña.

—¿Tiene claro qué libro quiere comprarle?

—¡No, para nada!

—¿Cuántos años tiene? ¿Conoce sus gustos?

—Tiene dieciocho años. ¡Y es una lectora voraz! Tengo entendido que se gasta todos sus ahorros en esta librería.

—¿Cloé? ¿Usted es el hermano de Cloé? No sabía que tuviese un hermano mayor.

—Y no me sorprende. Soy la oveja negra, ¡el hermano maldito! Hace más de tres años que no vengo a Uzès.

Lo dijo con una sonrisa que contrastaba con su mirada triste.

—Vengo de Irlanda, adonde he ido a completar mis estudios. No sé si a mis padres les hará mucha gracia, pero sentía la necesidad de estar presente en la celebración de la mayoría de edad de Cloé. No la entretendré. ¿Qué libro me recomienda para ella?

Me había dejado descolocada. Acababa de enterarme de por qué a Cloé no le había gustado *Un taxi malva*.

Jerry Kean –el personaje ambivalente y soñador, enviado al exilio irlandés por su familia norteamericana– le recordaba al chico que tenía yo delante.

–Creo que a Cloé le va a gustar *La sal de la vida*, de Anna Gavalda.

–No conozco a esta autora, pero seguro que está muy bien.

Me quedé sola, sentada en mi taburete de librera. Fuera, era noche cerrada.

Me resulta tremendamente triste que las familias se desintegren así. Soy consciente de lo importante que ha sido para mi propia formación el contar con el amor de los míos. He tratado de reproducir ese mismo ambiente con Nathan y los niños, y considero que lo he conseguido (aunque por el camino me haya olvidado un poco de mí al priorizar a Élise y Guillaume).

Desde Caín y Abel, la literatura está llena de historias que describen a familias disfuncionales. Las relaciones incestuosas o fratricidas están a veces tan bien descritas que a menudo me he preguntado por el punto de partida de algunos relatos y si escondían tras la ficción vivencias personales de sus autores.

El *Libro de Tebas*, escrito por un clérigo anónimo en el siglo XI, está considerada una de las novelas más antiguas escritas en francés. Cuenta la historia de los dos hijos de Edipo, Eteocles y Polinices; a la muerte de su padre, ambos desean gobernar la ciudad y terminan matándose en un combate cuerpo a cuerpo ante sus ejércitos para poner fin al enfrentamiento por el gobierno de Tebas.

El libro de Gavalda era mucho más positivo, pues trataba de cómo un grupo de hermanos, llegados a la vida adulta, decide regalarse una jornada de vuelta a la infancia yendo al encuentro del más joven, que trabaja como guía en un antiguo castillo de Turena.

Cloé vino a verme unos diez días más tarde.

—¡Así que ahora ya conoce a Tanguy! Me encantó el libro que me regaló. Una excelente elección.

Cloé estaba radiante.

—¿Qué tal fue el cumpleaños?

—¡Genial! Aunque le debo una explicación...

—¡Qué va! No me debes nada. Yo solo soy una librera, una vendedora de libros, del mismo modo que otros venden sombreros o quesos. No mando en ti, y tanto mejor.

—¡No exagere! ¡Es una librera genial, la mejor librera!

—Nunca te había visto tan parlanchina y expresiva. ¿Será que la mayoría de edad te ha dado alas?

—No, es que no se imagina cuánto tiempo llevaba esperando que la familia volviese por fin a reunirse. Mis padres son muy intransigentes, y decidieron quitar de en medio a mi hermano cuando descubrieron que consumía hierba. Se negaban a admitir que, en realidad, era algo muy común entre los chicos del instituto y que había otras opciones menos radicales que aquel exilio. Tanguy quería cursar estudios de ingeniería y, en lugar de dejar que se quedase en Francia, mi padre le buscó una escuela privada en Dublín. Yo tenía catorce años cuando él se fue. Solo volvió una vez, hace dos años, para pasar la Navidad en casa. Y fue un momento horrible, con constantes reproches entre ellos. Mi padre quería mantener su autoridad sobre un chico de veintiún años, y este, a su vez, aprovechaba cualquier ocasión para desafiar la rigidez paterna. He odiado tanto a mi padre por haberme dejado sin mi hermano... Mi madre intentaba justificar la intransigencia de mi padre, pero yo me negaba a escucharla. Esa noche, me reencontré por fin con Tanguy. Parecía contento de estar en casa. Mi padre también estaba tranquilo, y, al menos durante la celebración de mi cumpleaños, creo que nos acercamos a la imagen de la familia ideal. Fue el regalo más bonito. Al día siguiente, fuimos a pasar el día a Aigues-Mortes, como cuando éramos niños y nuestros padres nos llevaban al restaurante de esa ciudad de la Camarga. Los dueños del sitio al que íbamos seguían siendo los mismos, al igual que el estupendo milhojas de frambuesa que preparaban. Tanguy se quedará unos días antes de marcharse a Londres, donde empezará a trabajar. Mi madre está de acuerdo en que yo vaya a pasar un mes con él el próximo verano, siempre y cuando aproveche para perfeccionar mi inglés.

—Pues sí que son buenas noticias, ¿no, Cloé?

—Sí. ¿Y sabe qué? Le he regalado un libro a mi hermano. Un libro que compré aquí...

—Mmm... A ver si adivino... ¿No se tratará de la historia de una familia que tiene lugar en una bonita casa solariega irlandesa, pero que acaba como el rosario de la aurora?

Y le sonreí a la chica mientras me decía a mí misma que, a veces, basta con muy poco y unos cuantos libros para que la vida recupere el color perdido.

Al encontrarme con Nathan, le conté el reencuentro de Tanguy y su hermana. Él sabe escuchar, pero muchas veces me desconcierta su limitada capacidad para mostrar emociones. Por ejemplo, muestra su conformidad con una sonrisa y su rechazo con una mueca que es una especie de movimiento de los labios acompañado de un leve balanceo de la cabeza. Nada de arrebatos a lo grande ni de manifestaciones de entusiasmo en letra mayúscula.

Aquella noche, sin embargo, fue perfectamente consciente de que aquella historia me tocaba la fibra, pues no era tan diferente de la nuestra.

–A ver, Nathalie, ¿me estás diciendo que tu hija no quiere volver a verte en la vida?

–¿Y eso a qué viene?

–A que cuando me hablas de Cloé, tienes en mente a Élise.

–Tienes razón. Llevo mal sentirla tan distante, qué quieres que te diga.

–¡Pero su caso no tiene nada que ver con Tanguy! ¡Tú no le has dicho nada hiriente!

–No lo sé...

–Yo sí que lo sé, y te aseguro que lo único que has de hacer es darle un poco de tiempo. No es tan sencillo encontrar su sitio a la sombra de una madre como tú.

–¡Pero si no le hago sombra! No he dejado de esforzarme en ser una madre cariñosa y en darle lo mejor.

–Exacto... Llega un momento en el que un niño, si pretende enfrentarse al mundo por sus propios medios, debe sacudirse de encima al oficial de seguridad que encarna su madre o su padre...

–¿Qué oficial de seguridad?

–Son los que acompañan a los jefes de Estado o a los ministros, unos hombres de paisano que van siempre a su lado y velan por que no les pase nada desagradable.

–Ah, vale. A veces, les evitan un buen tomatazo...

–Sí... Pero a Élise tienes que soltarle la cuerda y dejar que sea ella la que vuelva por su propia voluntad. Es a ti sobre todo a quien le quiere demostrar que es capaz de convertirse en una mujer funcional, libre y autónoma, dispuesta a dar tanto como recibe. Hasta ahora, lo único que ha hecho es recibir de ti. La balanza estaba un poco desequilibrada.

–Entiendo tus argumentos, pero reconoce que tampoco es tan sencillo.

–Podría serlo. Solo tienes que escoger entre mirar al pájaro que vuela en libertad o a la jaula vacía...

Jacques

Meditaciones de un paseante solitario

Cada jueves, recibo las cajas de libros que nutren la librería.

Están los que he pedido, pero también los que vienen a través del depósito.

El depósito es un sistema creado por Louis Hachette en el siglo XIX y por el que todavía se rige el abastecimiento de las librerías. Su funcionamiento es muy sencillo: consiste en firmar un contrato con los editores comprometiéndose a recibir sus novedades, pero con la posibilidad de devolvérselas, como muy pronto, tres meses después de su publicación y hasta doce meses más tarde. Eso genera un *stock* importante, ya que al menos un tercio de los libros pasan sin pena ni gloria. A cambio, le permite al librero no asumir el riesgo financiero de comprar libros que jamás vendería.

Ese principio le da a cada novedad, durante un año, la oportunidad de convertirse en una referencia a largo plazo que termine engrosando el fondo de la librería. A veces es cruel, porque hay muchas publicaciones que no aguantan hasta su primer aniversario.

Para un escritor que ha pasado años gestando un libro antes de que salga a la luz, suele resultar deprimente. Sin embargo, hasta los autores de la talla de Musso, Gavalda y Rowling han pasado por tragos así antes de alcanzar el éxito.

El jueves por la mañana es una fiesta: desembalo las cajas como si fuese una niña abriendo sus regalos el día de Navidad.

Entonces, hago tres montones: el de los que van directos a las estanterías porque ya los conozco –son ensayos o libros prácticos para los que los lectores no necesitan mi recomendación–, el de los que me han pedido, que coloco debajo de la caja para dárselos a sus compradores, y el de las novelas que no he leído todavía y cuyo futuro dependerá en gran medida de las ganas que tenga de hablar de ellos... o no.

Mi preferido es este último. ¡Es como el cofre del tesoro! Y, a veces, el de las decepciones, sobre todo cuando un autor que me ha gustado mucho no cumple mis expectativas con el libro que acabo de recibir.

Como no puedo leérmelos todos en un día, pasan a ocupar la antigua mesa rústica que preside el cartelito de NOVEDADES. Los hay que tienen una cubierta que me llama tanto la atención o de los que la crítica ha dicho tantas cosas buenas que me pueden las ganas de leer la primera página.

Y ahí se produce un instante mágico que he bautizado como el «*incipit kiss*». *Incipit* es un término latino que se refiere a las primeras palabras, a la frase inicial de un texto. Algunos *incipit* son verdaderas obras de arte y nos lanzan a la lectura como una catapulta de emoción, inteligencia o misterio. Otros nos dejan fríos.

El *incipit kiss* es el primer beso: salado, azucarado, dulce, amargo, flojo, ardiente, rebelde, arrancado, robado, golpeado, acariciado, sensual, exótico, glacial, arropado, avispado... La primera impresión es normalmente la que cuenta. Normalmente, pero no siempre.

En ocasiones, hay que darle tiempo al amante que besa mal para que aprenda; para que, a veces, se convierta en un experto...

Aquella mañana, me había puesto a ojear *Voyages avec l'absente*, el último libro de Anne Brunswic: «La infancia es un bosque oscuro donde resuenan murmullos inquietantes y mensajes indescifrables, habitado por millones de animales –la mayoría de los cuales resultarán inofensivos siempre y cuando uno no interrumpa ni su descanso ni su digestión, mientras que otros harán gala de su carácter fiero; sin que ello signifique que los más imponentes sean los más temibles– y de ogros, de hechiceros, de cazadores furtivos, de ladronzuelos».

Un *incipit* magistral. Una sola frase –larga, eso sí– despliega todo un horizonte, una ambición literaria y la certeza de que la escritura será atrevida y tempestuosa. Sus palabras resuenan ya en mi interior, como las olas de las mareas vivas en Crozon.

He pensando muchas veces en que se podría hacer un estudio apasionante siguiendo el recorrido de un lector por una librería. Habría que grabar sus movimientos con una cámara oculta –los libros que apenas ha mirado, los que ha tenido en la mano, los que ha abierto alguna vez o aquellos de los que solo ha leído una cuarta parte de la sinopsis antes de devolverlos a su sitio...–, preguntarle al cliente qué lo ha atraído o qué lo ha echado para atrás después de haberse mostrado interesado en un principio.

La ilustración de la cubierta es fundamental, como también lo son los textos que van en la contraportada y que, con frecuencia, son un resumen o un fragmento del libro.

Soy una defensora de la gran importancia del objeto como algo sensual. El lector que se dispone a pasar varias horas en contacto con el papel debe sentir placer: el de frotar la página entre los dedos antes de pasarla, el de acariciar la cubierta como si fuese de seda, el de posar los labios en la contracubierta sin cortarse con el canto de las hojas.

Deberíamos poder acostarnos desnudos sobre el papel igual que en una cama cuyas sábanas han sido tendidas al aire libre. Dudo mucho que acostarse sobre una tableta suponga un gran placer...

Bajo mi punto de vista, sustituir los libros por un único dispositivo en el que podamos leer todas las historias es algo así como eliminar todos los alimentos y su presentación en el plato y no ofrecer nada más que botellines de un solo uso con etiquetas como: CEREZAS RECIÉN COGIDAS, CASSOULET, CHOCOLATE CON AVELLANAS o TARTA DE LIMÓN AL MERENGUE.

Me paro a pensar en las palabras que nacen de un escritor mientras teclea en su ordenador en contraste con las que se abren camino sobre el papel con la tinta desparramándose a veces, trazando surcos en él, rozando apenas su superficie. ¿Acaso no han cambiado nuestras palabras con la llegada de los ordenadores? ¿Habrían escrito igual Victor Hugo, Alphonse de Lamartine o Stendhal con un teclado?

El hombre entró en la librería sin que me diese cuenta, silencioso.

Y eso que la puerta tiene una campanilla incorporada.

Debía de estar concentrada en las cajas que estaba abriendo o enfrascada en la lectura del *incipit* de Anne Brunswic.

Cuando levanté la cabeza, estaba delante de mí, tendiéndome un ejemplar de *Cinco meditaciones sobre la belleza*, de François Cheng. No era muy alto. No sabría decir qué edad tenía, pero, en todo caso, ya no era muy joven. Aquella barba recia y crecida, junto con su pelo largo y abundante, probaban que el hombre había vivido lo suyo.

A sus pies, había una mochila. Una mochila muy grande en la que llevaba enganchado un saco de dormir metido en su funda.

Tenía unos bonitos ojos azules, vivos y traviesos, que parecían sonreír un poco todo el tiempo.

Me recordaba a Georges Moustaki pero sin la guitarra.

—Buenos días, señora. Me llamo Jacques y me gustaría alquilarle un libro.

—Buenos días a usted también, pero, sintiéndolo mucho, no alquilo libros.

—Entonces, se lo compro, aunque, si le parece, se lo devolveré al terminar de leerlo.

—¡Vaya idea! En ese caso, regáleselo a alguien.

—No conozco a nadie en Uzès. Como puede suponer por mi mochila, soy un caminante; un peregrino, para ser exacto. Salí hace un mes de Santiago de Compostela y voy rumbo al Monte Saint-Michel. Lo malo es que, hace un par de días, un fuerte dolor en el gemelo me obligó a ir al médico, que me ordenó que dejase de andar durante tres semanas si aspiro a llegar un día al Monte Saint-Michel por mi propio pie. Aquí me tiene: condenado a quedarme en Uzès durante todo ese tiempo y caminando lo menos posible.

—Hay castigos peores, Uzès es un pueblo maravilloso.

—Sí, ya he podido comprobarlo. Esta plaza es magnífica. He decidido que voy a dedicarme a la lectura, pero no quiero llenar mi mochila de los libros que lea durante esta parada. De ahí mi petición.

–Ahora lo entiendo. Pero lo siento...

–Para nada; tan solo dígame cuánto le debo por las meditaciones de Cheng. También me gustaría que me indicase dónde puedo dormir. A poder ser, un alojamiento que no esté lejos de la librería y que no sea muy lujoso.

–Le aconsejo que vaya al de Patrick, en la Rue de la Grande-Bourgade. En esta época no creo que esté completo, y tiene habitaciones agradables a unos precios más que decentes.

Jacques se marchó cojeando con su mochila rumbo a la Rue de la Grande-Bourgade.

Luego, al cerrar, me llevé un libro del montón de las novedades: *L'hôpital maritime*, de Pascal Ruffenach. A razón de dos o tres por semana, iba haciéndome así una idea sobre los libros de los que los críticos no habían hablado. Mis favoritos se ganaban un pósit de color en la cubierta. Así, la mesa de las novedades estaba decorada con coloridas banderillas en las que ponía apuntes para llamar la atención de los lectores.

En la cubierta de *El camino inmortal*, de Jean-Christophe Rufin, había escrito en un pósit azul: «Para antes de poner rumbo a Santiago de Compostela». En *La vida de otra*, de Frédérique Deghelt, había escrito: «Una dulce melancolía» en un pósit rosa.

L'hôpital maritime, de Ruffenach, se ganó uno con «Una reflexión marinera sobre el final de la vida». Este libro es un poco como un ovni. No sabemos nada de la historia que ha llevado a un hombre a ir a pasar sus últimos días en un hospital al borde del mar. Tampoco se nos indica la zona costera en la que está situado ni los nombres de los personajes. Lo cual sirve para expresar un sentimiento desprovisto de todo artificio. Las propias frases son breves. Pocas palabras, pocas florituras, pero con un ritmo acompañado de una escritura poética y sensible. Un ritmo que abraza la ola que llega para luego retirarse, acompañando primero a la marea que sube y, más tarde, a la que deja a la vista la arena.

Me gusta mucho la escritura de Ruffenach, y me da la impresión de que esa depuración literaria que domina como nadie encaja como anillo al dedo en la búsqueda de formas más sobrias, incluso ascéticas, por la que abogan los lectores.

Jacques vino a devolverme el libro solo un día después de habérselo llevado prestado.

–François Cheng es realmente un gran filósofo. Sé que acaba de publicar las *Cinco meditaciones sobre la muerte*, es decir, sobre la vida, pero todavía no tengo muchas ganas de prepararme para bajar la persiana. ¡Aunque ya estaba echando en falta un poco de compañía en el camino de la belleza!

Conservaba la sonrisa en su mirada, y, como sabía que el tiempo no le apremiaba, decidí darle conversación:

–¡Cuántas cosas bonitas habrá visto por el camino desde Santiago!

–Se refiere a las iglesias y los parajes naturales, a las luces, los pájaros y los árboles centenarios, ¿verdad?

–Sí, claro que me refiero a todo eso.

–Y lo he visto, pero, como dice Cheng, encontrar la belleza ahí denota una especie de conformismo. Nos condicionan para que apreciemos un viejo árbol o una puesta de sol, una vidriera de Pierre Soulages en la Abadía de Conques o un tímpano decorado sobre la puerta de una capilla. Pero ¿acaso somos capaces de hallar en lo más hondo, en nuestro propio corazón, un camino propio hacia la belleza? ¿Repetimos, como millones de personas más, que *La Gioconda* es una obra maestra o es realmente nuestra obra maestra, aquella que nos conmueve y nos interpela? Lo más «bonito» que me he encontrado viniendo desde Santiago es el camino. El propio camino. Ese camino por el que han transitado tantos otros antes que yo y en el que he dejado mis pisadas, una nueva marca sobre la tierra mullida. Unas pisadas que hacían rodar aquella piedrecita, que había empujado antes el zapato de otro peregrino. Me gusta ese guijarro. Yo no era más que uno entre tantos que me habían precedido y que habían de venir después, pero pasé a ser, en cierta medida, un artesano del camino. Junto con toda la humanidad, pero también en mi singularidad.

–Le agradezco su reflexión. Por cierto, me llamo Nathalie.

–La Nathalie de la canción de Bécaud era la de la Place Rouge, usted es la de la Place aux Herbes... Da gusto compartir. Eso también me lo ha enseñado el camino. Creía que iría andando solo desde Santiago al Saint-Michel, pero no he parado de encontrarme con otros caminantes o con acogedores anfitriones cada vez que hacía un alto.

Jacques me tendió *La causa humana*, de Patrick Viveret.

–Este es mi libro de hoy. Iré a leerlo a la terraza que hay en la plaza, al sol.

–Entonces, se lo presto.

–¡Pero esto no es una biblioteca!

–Para usted, sí...

Al día siguiente, mi vagabundo celestial me devolvió el libro, en el que había metido un marcapáginas de hojas de bambú trenzadas.

–Se le ha olvidado el marcapáginas...

–Quédeselo. ¡Este economista filósofo es la repanocha! Si lo hubiese leído antes, no habría gestionado de aquella manera el capital humano a mi cargo. Viveret tiene razón: la competición es un cebo, sirve para agotar a la gente en el cuadrilátero del poder. Y llega un día en que incluso el que siempre ha ganado acaba en la lona. El desafío es fomentar la cooperación como una alternativa real a la competición. No he parado de poner a la gente al servicio de la economía, y no al revés.

–¿Usted dirigió una empresa?

–Sí, pero eso ya no importa... Lo fundamental no está ahí. Yo fui el arquetipo que describe Viveret, yendo del entusiasmo a la depresión, un poco como esas familias que van a un centro comercial con su carrito, lo llenan hasta los topes dejándose llevar por los letreros fluorescentes que anuncian ofertas y por esas cabeceras de pasillo que les meten por los ojos todo lo que no necesitan para luego, al pasar por caja, hundirse en la miseria al darse cuenta de que han gastado el dinero que no tienen... La serenidad es otra cosa. Ese es mi objetivo: apreciar sin más lo que uno tiene sin llorar por lo perdido o fantasear con lo que todavía no se ha conseguido. Vendré a buscarle un libro mañana, que hoy toca cine. He descubierto que aquí tienen una sala de arte y ensayo estupenda para lo pequeño que es el pueblo. ¡Voy a ver *Blancanieves*, la versión muda y en blanco y negro!

–Bueno, pues... ¡que la disfrute!

–¿No quiere venir conmigo? La invito a cambio del libro que leeré mañana.

–Ah, no... Gracias.

–¿La religión de las libreras les prohíbe ir al cine con sus clientes? No había hecho planes, ¿a que no?

–¿Y usted cómo lo sabe?

–Pura intuición. Mire, me portaré bien. A los dieciséis años, prefería besarme con la de la butaca de al lado a prestarle atención a la película, pero ya no tengo edad...

–¡Entonces, me apunto!

Y nos fuimos a ver esa maravillosa película, *Blancanieves*, llevada al universo de la tauromaquia sevillana. La música sirve de acompañamiento a una historia que se sostiene en una fotografía en blanco y negro que quita el sentido. Un auténtico relato onírico que tanto a Jacques como a mí nos encantó.

El ámbito de la tauromaquia exacerba las pasiones y fascina tanto a unos como a otros les resulta repulsivo. Hay muchos aficionados en nuestra región que no se perderían por nada del mundo las ferias de Nimes o de Arlés. A mí lo único que me gusta de las corridas son los carteles que las anuncian. Muchas veces se componen de elementos en rojo, negro y dorado; algunos son verdaderas obras de arte.

La cocina de nuestra casa está decorada con tres bonitas reproducciones firmadas por Mariano Otero. Me emocionan esas líneas marcadas y las curvas, a la vez viriles y sensuales. Por lo demás, me da la impresión de que la gente que acude en masa a las plazas de toros busca una válvula de escape para canalizar una pulsión violenta reprimida en el día a día por las normas de convivencia. Cuando estaba estudiando, tuve la oportunidad de asistir –medio arrastrada– a algún partido de fútbol, y me costaba reconocer a mis amigos de lo rápido que se transformaban en cuanto se sentaban en las gradas. Supongo que no es como para que los hombres se cuelguen una medalla...

Al día siguiente de nuestra salida al cine, me llevé a la librería una butaca tapizada.

Estaba lloviendo, y suponía que mi caminante filósofo no podría ir a una terraza y me haría compañía en ese jueves tan gris en el que no esperaba que viniese mucha gente a la librería.

Había dejado en la butaca un libro de Alain Cugno: *La libellule et le philosophe*.

–Buenos días, Jacques.

–Buenos días, Nathalie.

–Le he reservado un rinconcito y un libro que podría gustarle...

–¡Qué amable es usted! ¡Y con recomendación literaria incluida!

–Teniendo en cuenta lo que me ha contado... Mire, Alain Cugno da clases en el Centre Sèvres de París. Es católico, pero un católico ecologista. Y el libro relata el esfuerzo que hizo para reconciliar al filósofo y al naturalista que llevaba dentro.

–Muy interesante.

Jacques se puso a leer en silencio. En dos ocasiones, cabeceó un poco antes de retomar la lectura. Me recordaba a mi padre. Él también se quedaba dormido leyendo en su butaca mullida. En momentos así, me parecía tan frágil que me daban ganas de abrazarlo. Qué diferente es la imagen paterna que tenemos cuando somos jóvenes y cuando nuestros padres envejecen. La fuerza deja paso a la vulnerabilidad; la seguridad, a la duda; y quien nos cogió de la mano para enseñarnos a andar acaba necesitando que la nuestra guíe sus pasos.

Jacques terminó el libro haciendo una observación en voz alta, aunque parecía que hablaba para sí:

–Solo he encontrado lo que buscaba cuando por fin he dejado de buscarlo.

–¿Cómo dice?

–Ah, nada. ¡Qué encantadoras son estas libélulas! Es cierto que un animal salvaje, sea cual sea su tamaño, solo se muestra ante quien sabe esperarlo sin hostigarlo. Es como un regalo que nos hace por voluntad propia: nos ofrece la emoción de asistir a un instante totalmente puro. Me gusta el mundo animal. Como decía Rainer Maria Rilke, el animal habita un mundo abierto. Su impulso vital no está condicionado por la idea de la muerte, de cuya conciencia carece. Simplemente, vive sin tener ante él esa enorme sima tenebrosa con la que se ofuscan tantos de nuestros coetáneos y que a mí también llegó a obsesionarme. Suerte que me enseñaron a Rilke, que ofrece una alternativa al nihilismo invitándonos a vivir la vida desde el reinado conjunto de la vida y de la muerte. Ya que una no puede existir sin la otra, nos anima a conjugarlas en el instante que viene, en el presente. Me esfuerzo cada día en seguir esa recomendación, y puedo dar fe de que los muertos ocupan tanto espacio en mi vida como los vivos. Que sean ellos quienes me señalen mi lugar en la rueda del destino humano, mi humilde lugar, pero en toda su extensión.

–¿Puedo preguntarle por qué va al Monte Saint-Michel?

–Porque hace poco que me convertí y tengo muchas faltas que expiar. Como aquellos niños medievales que ponían rumbo al Saint-Michel para hacerse con las culpas de sus padres pagando por ellas.

–Ah, se ha hecho cristiano...

–No, eso ya lo era antes, aunque mi religión sea en gran medida heredada. ¡Me hice ecologista! Y el Monte

Saint-Michel es un símbolo evidente de la relación entre la naturaleza y la espiritualidad. Dirigí una gran empresa química. Muy grande. Muy contaminante. Durante mucho tiempo, fui el «diablo» de los ecologistas, como decía mi hija.

Vi una sombra en la mirada de mi CEO andrajoso.

–¿Tiene hijos?

No me respondió y siguió diciendo:

–Sabrá que, en el Monte Saint-Michel, decidieron derribar el dique que unía el monte al continente. Se dieron cuenta de que, por su culpa, la bahía se estaba llenando de arena. De no tomar cartas en el asunto, un buen día el Monte Saint-Michel habría reinado sobre pastizales y ovejas, perdiendo su condición de isla. Pero es precisamente su naturaleza marítima la que le otorga su naturaleza espiritual. El peregrino que desea alcanzar el Monte Saint-Michel debe dejar atrás la tierra, cruzar luego el mar y las corrientes que amenazan con arrastrarlo, antes de ascender hacia el arcángel Miguel, allá en los cielos. Y es el único lugar en Francia donde los poderes públicos se han comprometido a realizar obras con un coste de decenas de millones para enmendar un error. ¿Se da cuenta?

–Por supuesto. Nunca me lo había planteado desde ese punto de vista. Así que, en realidad, ir andando al Saint-Michel sigue siendo todo un peregrinaje en el siglo XXI.

–¿Conoce a Gaël Giraud, Nathalie?

–¿El economista jesuita que denuncia el poder de los círculos financieros?

–Ese mismo. ¿No tendrá su último libro, por casualidad?

–Creo que sí.

–Entonces se lo compro.

–No, se lo presto. Y un día que haga bueno, me invita a comer. Que una no tiene la oportunidad de hablar con un filósofo itinerante muy a menudo, y me gustaría aprovechar al máximo su parada obligada para seguir con nuestras charlas.

Jacques alternaba la lectura en las terrazas de los cafés y en la librería.

Volvió a leer *Big Sur*, de Jack Kerouac, ese hermano mayor de todos los *hippies*; y a Rousseau, del que redescubrió algunas consideraciones que había pasado por alto de joven. Le descubrí a Thoreau, el poeta filósofo partidario de una ecología bastante radical en la que el ser humano podía en ocasiones ser considerado como el animal al que hay que abatir.

Los días iban pasando, y yo era consciente de que Jacques reemprendería pronto su viaje.

Su presencia –aquellos momentos esporádicos que compartíamos y se prolongaban de día en día, a menudo originados por un libro– me parecía un privilegio.

Cada conversación es intrínsecamente tan constructiva como destructiva. Las ideas acuden, nacen en el instante en el que el otro nos habla. Minutos antes, la propia intención no existía. La palabra escrita, luego leída, hablada y escuchada es capaz de alterar un destino.

Hay libros que están hechos para eso. Son los que encontramos en la balda de «Desarrollo personal». Sus lectores buscan en ellos un camino, incluso una vía espiritual, y, a menudo, recetas para una felicidad prefabricada.

A mí me parece que la sencillez es un buen camino. Al igual que la verdad. Hay tantas formas de libertad de las que no podemos disfrutar a no ser que conjuguemos verdad y sencillez... Y eso es lo que creo que Jacques representa.

A través de los libros que leía, podía intuir en qué plano se situaba su búsqueda. Los libros son como las especias: nos dan impulso en el día a día, pero no enfrentándonos a nuestra condición ordinaria, sino permitiéndonos enfatizar hasta qué punto somos capaces de encontrar en nuestras vidas un espacio en el que cultivar nuestras ganas de amor, de paz, de aventura.

Del mismo modo que hay gente capaz de señalar a las personas que le han cambiado la vida, es fácil –pensándolo un poco– hacer una lista de los libros que han sido referentes o hitos en nuestra trayectoria; a veces, en forma de señales en un camino en el que nos sentíamos perdidos; otras, invitándonos a cambiar de rumbo o, incluso, a convertirnos en algo distinto.

Quería que Nathan participase de mi sintonía con Jacques, y le propuse a este que cenase en casa con nosotros el sábado por la noche, pero declinó la invitación.

–Me acuesto y me levanto con el sol. Es el ritmo del camino. No me había dado cuenta de hasta qué punto podía sincronizarme con la naturaleza, con la vida, hasta que elegí guiarme por ese reloj natural.

–Entonces, venga a comer el domingo.

–Con mucho gusto, si no le importa que antes vaya a misa. Llegaré sobre la una.

A pesar de saber que Jacques era cristiano, me sorprendió la idea de que participase en el culto dominical. Hay tantos católicos que consideran esa práctica como algo optativo que tengo la impresión de que las únicas misas con poder de convocatoria son las de Pascua, Navidad y el Día de Todos los Santos.

Cuando Jacques llegó a casa, llevaba en las manos un magnífico ramo de flores de mimosa. Se lo tendió a Nathan diciendo:

–Permítame que le entregue estas flores, ya que para Nathalie había pensado en un librito.

Y me entregó *L'homme qui marche*, de Christian Bobin. El libro tenía las esquinas dobladas, venía deteriorado y la cubierta mostraba las marcas de una lectura frecuente, además de las de la humedad y la hierba sobre la que él se había tumbado, desplegando las páginas casi a ras de suelo, igual que un joven novicio que pronuncia sus votos con la cara contra el suelo de la iglesia.

–Gracias, Jacques, es un regalo muy bonito. Conque tenía un libro en la mochila, ¿eh?

–Sí. Dos, para ser exacto: ese y *Veinte poemas de amor*, de Pablo Neruda, que me regaló mi mujer, Francesca.

Disfrutamos de una comida extraordinaria; y no solo porque me hubiese salido especialmente bien el tayín de cordero con albaricoques, sino porque rara vez habíamos estado en compañía de un hombre cuya sabiduría era proporcional al dolor de las experiencias por las que había pasado.

La conversación surgió de una frase de André Malraux sujeta con chinchetas sobre el escritorio de Nathan: «Una vida no vale nada, pero nada vale una vida».

–¿Por qué ha puesto esta frase en un lugar tan principal de su despacho?

–No fui yo quien la escribió sino Guillaume, nuestro hijo. La vida no ha sido un camino de rosas para él, ya que de pequeño estuvo muy enfermo. A menudo caíamos en la desesperación, y era su sonrisa la que nos ayudaba a seguir adelante. No teníamos derecho a bajar los brazos cuando él mismo no se daba por vencido. En cuanto se curó del cáncer, se marchó a Escocia. Esa es la postal que nos mandó.

—¡Maldito cáncer!

Me sorprendió escuchar aquellas palabras de boca de Jacques, que siempre se expresaba con un vocabulario refinado y una elegancia que ponían de manifiesto su educación y su rigor al escoger las palabras.

Me di cuenta de que el cáncer formaba parte de las experiencias que compartíamos.

—¿Su esposa?

—Y no solo ella. Déjenme que les explique.

—No se sienta obligado.

—No me cuesta hacerlo. Ya no me cuesta, más bien. De un tiempo a esta parte, vivo a caballo entre los dos mundos y mucho mejor que cuando no me atrevía a acercarme al segundo, como si fuese a contagiarme de algo. A mi mujer le detectaron un cáncer de pecho. Hoy en día no es gran cosa y los tratamientos son cada vez más certeros, pero Francesca padecía un tipo de cáncer para el que no hay cura. Tenía treinta y cinco años. Tras su muerte, me volqué en el trabajo para olvidar a mi amor. Ahora sé que está en nuestra mano hacer que la gente que queremos no muera nunca y que la verdadera muerte solo la causa el olvido. Francesca y yo tuvimos una hija, Jade. A pesar de los negocios, siempre estuve pendiente de ella. Considero que estuve presente en los momentos importantes, y me aseguré de no renunciar a mis fines de semana por culpa de algún informe, pues me obligaba a no llevármelos a casa. A los veintidós años, Jade se hizo unas pruebas y descubrió que padecía el mismo cáncer que su madre. Decidió no someterse a tratamiento y vivir cada instante dejándose llevar. Fue ella, que estudiaba en La Sorbona, quien me inició en la filosofía. Y gracias a ella la espiritualidad entró en mi vida y puedo hablarles hoy sonriendo como un hombre en paz. Aparqué el trabajo y vendí la casa en la que vivíamos en Versalles, al igual que la que teníamos en la Provenza. Destiné toda mi fortuna a Greenpeace. Puede que no estemos al tanto de todo, pero sabemos lo suficiente como para culpar a los agentes químicos de estar en el origen de las nuevas enfermedades que no han parado de surgir desde el siglo pasado. Salí de Versalles con Jade un primero de marzo. A pie, cada uno con nuestra mochila, rumbo a Santiago de Compostela. Sabíamos que Jade se estaba quedando sin fuerzas y que nos arriesgábamos a no llegar los dos a Santiago. Nos detuvimos en la región de Aubrac, en esa gran meseta en la que la tierra parece pender del cielo infinito. A Jade le costaba respirar, no podíamos seguir avanzando. Encontramos una casa de campo en una antigua granja. Había una habitación enorme que daba a los prados. Nada interrumpía las vistas. Un buen hombre, además de médico, pero ante todo un hombre bueno, aceptó cuidar de Jade en sus últimos días para aliviarle el dolor en el tránsito final. Una mañana, florecieron los narcisos en el prado delantero, como anunciándoles a todas aquellas flores blancas que ya era hora de abrirle las puertas al verano. Aquel día, Jade salió al campo descalza y se desmoronó en mis brazos.

Jacques hablaba con tranquilidad. Sus ojos no habían perdido ni su viveza ni su alegría a pesar de que le corrían las lágrimas al evocar la muerte de su hija.

—Desde entonces, me recuerdo cada día que el grano no puede germinar sin un suelo rico en humus, que la vida solo puede nacer de la muerte. Que he sido flor, luego, fruto; y que, un día, caeré al suelo, como Jade.

Nathan cogió las manos de Jacques entre las suyas a modo de agradecimiento. Estaba segura de que acababa de dar un gran paso de la mano de aquel enamorado de los libros y de la vida.

Después de acompañar a Jacques a la puerta, me encontré con Nathan sentado en la terraza frente a la garriga, sin hacer nada. Y no es que eso sea muy habitual en él...

Me acerqué y vi que le caían las lágrimas por las mejillas. Nathan no es dado a llorar, pero no por falta de sensibilidad sino más bien por un pudor fruto de la educación recibida.

Dudé sobre cómo reaccionar. Me pareció que lo más apropiado era guardar silencio. No pretendía forzar una justificación preguntándole a qué se debía su tristeza, sino dejarle vivir aquel momento sin interrumpir un pensamiento, que venía de tan lejos. Al fin y al cabo, un hombre que llora está igual de vivo que un hombre que ríe.

Me senté a su lado, un poco más para atrás, y le puse la mano en la espalda. Allí me tenía.

Pasaron veinte minutos largos antes de que Nathan rompiese el silencio.

—¿Sabes qué, Nathalie? Mi padre... Nunca le dije que lo quería. Murió de repente y sin saber que le estaba agradecido por ser el padre que había sido. Llevo cinco años echándolo de menos, porque era esa persona a la que se lo podía contar todo. Los padres son los únicos que nos quieren incondicionalmente. Desde que ya no está, tengo el viento de cara y trato de estar a la altura, pero hay días en los que se me hace cuesta arriba. Soy

81

muy consciente de que antes había alguien que aún era un poco responsable de mí. El hecho de no haberle dicho nunca que lo quería me persigue como un remordimiento perpetuo, como una cicatriz reabierta, como un silencio que grita. Jacques habla con tanta facilidad de sí mismo, de su dolor... Y, sin embargo, no pierde la calma.

Esperé a que se hiciese el silencio antes de hablar.

—Querido Nathan... Ahora descubres que no por acallar nuestros pensamientos estos dejan de existir en nosotros. Tu padre siempre supo del amor que sentías por él, pues ese amor es anterior a tus palabras. De todas formas, poner en palabras nuestros pensamientos, pronunciar esas palabras en voz alta, les otorga una nueva vida. Al compartirlos con otra persona, libres de los confines de la mente, nuestros pensamientos se unen al tejido desgarrado, remendado, que es a pesar de todo la urdimbre de este mundo. Solo podemos compartir abiertamente aquello sobre lo que hemos tomado plena conciencia, limpio de los parásitos del ego pero también de los velos de seda o de los oropeles con los que nuestra historia familiar y nuestra cultura nos han recubierto. Jacques ha hecho ese largo y profundo trabajo. Ha sacado a la superficie su rabia justificada, pero puede que también se haya perdonado a sí mismo por todo lo que no pudo ser. Hoy es un día positivo. Has puesto de una vez por todas sobre la mesa lo que sientes. Y yo estoy sentada a esa mesa contigo. Convéncete de que aún puedes decirle a tu padre que lo quieres. Aunque no tengas mucha fe en ello, no descartes del todo que te escuche...

—¿Me enseñarás a expresar mejor todas esas cosas?

—Te apoyaré con todo mi amor pase lo que pase, pero no creas que yo no estoy también en un aprendizaje constante de esta vida para estar más en paz conmigo misma. Ya ves que con Élise no hay manera, y eres tú el que tiene la palabra exacta para ayudarme.

–Quizás sea eso estar en pareja...

–No me cabe duda...

Al día siguiente por la noche, le regalé a Nathan *L'origine de nos amours*. Siempre he admirado a Erik Orsenna y lo he seguido tanto en su epopeya en Mali de la mano de *Una dama africana* como cuando puso su pluma al servicio de la literatura militante, convertido en todo un reportero siguiendo la ruta del algodón o del papel. *L'origine de nos amours* es el libro más íntimo que Orsenna ha escrito nunca. Hay numerosos pasajes que evocan la isla bretona de Bréhat, en la que se encuentra la casa familiar de los Arnoult –que es como se apellida en realidad el académico–. Toda la historia está dedicada a la relación con su padre, un diálogo que no se establece plenamente hasta que uno y otro aceptan compartir la forma que tuvieron de amar a las mujeres de su vida. El autor le concede mucho espacio al análisis psicológico y genealógico de las taras emocionales de los dos hombres.

Ese libro me hizo pensar en mi padre. A los hombres de esa generación suele costarles expresar sus sentimientos, aceptar que el mar se retire y deje a la vista las rocas desnudas de sus emociones, una playa marcada por charcos infantiles un tanto turbios o por sentimientos enmarañados por el batir de las olas y endurecidos como guijarros. «Sé fuerte» es un imperativo que, a veces, a medida que va pasando la vida, convierte a los hombres en escarabajos a paso de tortuga, doblegados por el peso de un caparazón que nunca se han quitado.

Mi padre tenía también en común con Erik Orsenna una referencia literaria de primer orden: *El mar de las*

Sirtes, de Julien Gracq. De hecho, la ciudad imaginaria de esa costa a la que Gracq nos transporta en medio de las marismas y las brumas del alma humana se llama Orsenna. Fue esta quien le inspiró al académico su seudónimo.

En nuestra casa de Chaumont, el cuarto que hacía las veces de despacho de mi padre recibía el nombre de «habitación de los mapas», en referencia a la que ocupa el protagonista de la obra de Gracq en el almirantazgo, al borde del mar de las Sirtes. En esa habitación de los mapas, mi padre tenía una biblioteca para su uso personal, en la que solo él estaba autorizado a coger o colocar los libros; era, además, el sitio en el que escribía y donde se zambullía durante horas en la lectura de mapas de todo tipo.

Así me formé a marchas forzadas en la lectura de cartas de navegación, como, por ejemplo, las de escala 1:25 000, tan detalladas que mi padre, sin necesidad de haber estado sobre el terreno, era capaz de hacer una descripción de su paisaje, que mi mente traducía en imágenes sin mayor dificultad. De hecho, mi padre coleccionaba mapas de países a los que no viajaría nunca, nada más que por el puro placer de regalarse paseos por el Sáhara, el paso de las cumbres del Himalaya o accidentadas travesías por el Pacífico a lo largo de la Patagonia.

Unos días más tarde, Jacques pasó por la librería para despedirse de mí.

Nos dimos un abrazo y nos quedamos así un buen rato, con una sonrisa que probaba la cordialidad que había marcado nuestras charlas.

Le tenía preparado un libro.

–Aquí tiene las *Cinco meditaciones sobre la muerte*, es decir, sobre la vida. ¿Se acuerda de que me habló de ellas en su primera visita, pero sin citarme la segunda parte del título del libro?

–Claro que me acuerdo. Quizás algún día inventemos una palabra que signifique que la vida y la muerte son los dos componentes de una misma historia, una historia tan lineal como circular, en la que ambas dialogan en un ciclo infinito.

breuerino

Philippe

El viajero incansable

Me gusta ese lado tan cosmopolita que tiene esta pequeña región de la Provenza.

El mestizaje me parece la oportunidad más maravillosa de desplazar nuestras fronteras mentales.

Por lo que respecta a Uzès, no deja de ser interesante descubrir cómo cada grupo ha ido apropiándose de una porción de territorio, colonizándola con sus gustos y sus costumbres, provocando, en definitiva, su evolución. En la actualidad, la imagen que proyecta la región de Gard es el resultado de esa vecindad –a veces, sin un contacto real– entre quienes llevan generaciones asentados en la región y quienes la han escogido, a menudo por amor.

¿Le otorga eso más derechos a unos que a otros? ¿Defiende mejor su territorio el que no ha tenido más remedio que vivir en él que el que ha caído rendido a sus encantos? Todo un debate que le da vidilla a los municipios de la zona rural.

En ambos bandos encontramos posiciones muy conservadoras. Están los autóctonos, que consideran que se organizan demasiados festivales y eventos culturales o deportivos dirigidos a los que tienen aquí sus segundas residencias, y los que se han comprado una imagen de postal y quieren conservarla para siempre jamás oponiéndose a cualquier cambio.

Hace mucho tiempo que los suizos se han asentado en estos lares, ya que esta región, desde Ardèche hasta las Cevenas, ha sido tradicionalmente un lugar sagrado del protestantismo.

Aunque el número de practicantes no sea mayor aquí que en otras partes, la religión sigue siendo un factor clave, lo que justifica que las listas municipales de los ayuntamientos pequeños estén siempre estratégicamente compuestas para incluir un representante de cada una de las dos religiones cristianas.

Hace poco, *The Guardian* publicó el Top 40 de los lugares que hay que visitar en el mundo. Uzès quedó en segundo lugar. Y he de decir que eso me preocupó más que me alegró. Me asusta un poco que la Place aux Herbes se convierta en un escaparate de cigarras de cerámica y de cubiertos de madera de olivo para la ensalada que acabe perjudicando a nuestros productores locales.

Me he propuesto darles algo de impulso a las baldas de lenguas extranjeras en mi pequeña librería. Cada vez hay más extranjeros –y, por lo tanto, más compradores–, aunque he notado que buena parte de los alemanes y de los holandeses que se asientan en la zona hablan mucho mejor nuestro idioma.

En esta época, tan crítica con la noción de Europa, me cuesta subirme al carro general; soy muy consciente de que con el programa Erasmus hemos animado a las generaciones más jóvenes a que viajen, abriéndoles así la mente para que vayan más allá de las fronteras de su entorno familiar y de su país.

Dicho lo cual, ¡no he conocido a nadie más viajero que Philippe!

Era tan apasionado como apasionante, y para él no había mayor placer que poder compartir con otros sus historias de viajes...

La primera vez que lo vi, acababa de regresar de Argentina.

Llevaba unas preciosas botas de gaucho y un enorme poncho rojo. Su atuendo era un tanto llamativo, sobre todo en aquella primavera que había comenzado con unos días espléndidos y ya nos permitía cenar fuera. Pero no es que Philippe sea precisamente discreto.

—¡Buenos días, señora librera!

—Buenos días, señor. Si puedo ayudarle en algo, no dude en decírmelo.

—Por supuesto que puede. Acabo de mudarme a esta bonita región, y mis vecinos me han dicho que usted tiene una sección muy apañada de libros de viajes. Pronto visitaré Australia y me gustaría documentarme antes de hacerlo.

—¡Qué suerte tiene! Uno de mis sueños es ir a Australia. Me imagino que será un viaje extraordinario, por muy lejos que sea.

—Se tardan casi veinte horas en llegar a Sídney. Pero no me voy a quedar allí; alquilaré un Range Rover y pondré rumbo directamente a las poblaciones aborígenes.

—Fascinante...

—Me apasionan los pueblos primitivos, al igual que las antiguas civilizaciones. Acabo de regresar de Argentina y de Bolivia, donde he pasado varias semanas con los indígenas en el altiplano. Y pensar que los incas poseyeron el mayor imperio de América Latina y que, en menos de un siglo, destruimos su civilización para implantar nuestros propios sistemas occidentales a cambio de unas cuantas minas de plata o de litio. ¡Es descorazonador! Y, desde entonces, la cotización de las materias primas en Londres ha ido empobreciendo o enriqueciendo a dichos países en función de nuestra voluntad especulativa.

—¿Así que viaja mucho? ¿Por trabajo?

–No, no necesariamente. Tengo la suerte de disponer de mucho tiempo libre. Y aprovecho para conocer mundo, aunque me falta mucho por recorrer. ¡Solo conozco cuarenta y nueve de los doscientos siete países que hay en nuestro planeta!

–¿Cuarenta y nueve? ¡Pero eso ya es mucho! Yo solo he visitado algunos países europeos y Kenia, a pesar de que crecí en Marruecos. Rudyard Kipling decía que existen únicamente dos tipos de personas: las que se quedan en casa y el resto. Usted forma parte, sin duda, de estas últimas; yo, de las primeras.

Saltaba a la vista que Philippe se sentía orgulloso del efecto que causaba. No es que fuese un fanfarrón, pero me daba la impresión de que tenía cuerda para rato, y, como no era el único cliente al que tenía que atender, me vi obligada a abreviar.

–Le recomiendo *Los trazos de la canción*, de Bruce Chatwin.

–¿Y puedo saber por qué?

–Me ha pedido un libro imprescindible para descubrir Australia, ¿verdad?

–Ah, sí. No sé dónde tengo la cabeza... ¡Perfecto!

–Chatwin es un apasionado del estudio de los orígenes de la humanidad. También estuvo en África; luego, mantuvo una estrecha relación con científicos, sobre todo con Konrad Lorenz, para entender mejor la relación entre el ser humano y el territorio. Su libro está muy documentado e incluye investigaciones antropológicas suyas que ponen en perspectiva su exploración australiana.

Philippe aprovechó para comprar la guía Gallimard de Australia y me dio las gracias por la recomendación.

La antropología es una de esas disciplinas que me resultan apasionantes. Aunque Nathan diría que, desde que soy librera, cada vez hay más ámbitos que me interesan. Y no le falta razón. Una librera lee mucho; antes que nada, lee muchas críticas sobre lo que se publica. Una buena crítica incita a leer incluso un libro sobre un tema que hasta entonces no nos había llamado la atención.

Descubrí la antropología leyendo *Tristes trópicos*, de Claude Lévi-Strauss. Despertó en mí el interés por los que no se parecen a mí, vienen de lejos, comen diferente, no piensan igual y no viven como yo.

Mi infancia en Marruecos ya me había familiarizado con la diferencia. Porque cuando una se cría en el extranjero, asume muy pronto que es ella la que es diferente... Y eso implica una amplitud de miras y un punto de partida que mantiene a raya la arrogancia e impone en primer término el respeto por lo que una no conoce, amén de desarrollar una gran capacidad de adaptación.

Me resulta un tanto desalentador constatar hasta qué punto la intolerancia actual hacia los extranjeros –en particular hacia los que vienen del Magreb– se basa en una lista anecdótica de las diferencias que hay entre nosotros, como si estas supusiesen más un riesgo que una oportunidad. Cómo es posible que nosotros, que comemos ranas, roquefort u ostras, nos sintamos molestos por que ellos no quieran comer carne de cerdo... Afortunadamente, mis amigas de la escuela en Rabat no me veían de esa manera. Si no, lo habría pasado realmente mal.

A veces, pienso que los pueblos mediterráneos tienen más en común que los pueblos europeos. Pero la historia ha decidido potenciar la construcción de Europa, por mucho que haya sido el territorio en el que estallaron las dos guerras que salpicaron al mundo entero. No cabe duda de que es una manera de crear vínculos que impidan que un día se produzca una Tercera Guerra Mundial. Por el camino, cayó el Muro de Berlín, una ciudad que era, sin embargo, la Jerusalén europea, donde queda patente el choque entre el Este y el Oeste. El Este empieza ahora en Ucrania...

Me gustaría que nos pusiésemos manos a la obra en la construcción de esa hermandad mediterránea y que algún día el muro de Jerusalén caiga también.

Creo que los mayores valedores de ese acercamiento serán artistas y escritores. Ellos son los que van un paso por delante con su pensamiento y saben –al menos, gracias a la ficción, ya sea imaginaria o simbólica– escribir, cantar y dibujar el mundo que está por venir.

Me resultó muy conmovedor visitar el MuCem (Museo de las Civilizaciones de Europa y del Mediterráneo) cuando fui a Marsella con Nathan. Y estoy convencida de que ese museo, que está situado aún en suelo europeo pero mira hacia el Mediterráneo, es el paso más grande que se ha dado para tender un puente sólido entre las dos orillas.

Fiódor Dostoyevski decía: «La belleza salvará el mundo». Y creo que es cierto. En nombre de la belleza, la opinión pública se ha sentido más concernida por la destrucción de obras de arte sirias que por cualquier maniobra diplomática. Lo bello se dirige al corazón, no a la razón, por lo que tiene más posibilidades de triunfar.

Fueron las trompetas las que hicieron caer las murallas de Jericó. Ahora, es el turno de los laúdes libaneses, las cítaras iraquíes, las guitarras españolas y los violines marroquíes de ofrecer un concierto que hará que Jerusalén sea una.

Solo he estado unos días en la Ciudad Blanca de Tel Aviv, pero pude sentir en cada poro de mi piel que aquello era el epicentro del mundo y que la Tierra no conocerá nunca la paz mientras no lo haga Jerusalén.

Pasaron varias semanas antes de que Philippe volviese a aparecer por la librería.

—¡Fantástico! ¡Menudo país, Australia!

—Buenos días, señor. ¿Así que el viaje fue bien?

—Llámeme Philippe, mi querida librera.

»Sí, una maravilla. Estuve en el desierto occidental, y... ¡qué calor! Opté por el buceo para conocer de cerca la barrera de coral. ¡Magnífica! Pero, sobre todo, me dediqué a seguir los pasos de Bruce Chatwin, que, a su vez, también siguió otro rastro, el de los famosos «trazos de la canción». Se trata de cánticos transmitidos de generación en generación y constituyen el mapa virtual del destino de cada aborigen. Esa gente tiene una relación absolutamente sagrada con la tierra y la naturaleza. El árbol o el animal que uno se encuentra por sus caminos posee el mismo valor que una persona. Pero su carácter nómada les ha facilitado la tarea a los blancos, que se han dedicado a colonizar literalmente y sin escrúpulos todas sus tierras. En 2008, se inició un proceso de reconciliación nacional gracias a las disculpas públicas ofrecidas por el primer ministro a los aborígenes. Es importante, dado que no puede haber paz sin perdón. Pero no se puede perdonar a quien no reconoce su falta. Y en Australia ya se ha hecho.

Philippe me contaba todas esas cosas lleno de entusiasmo. Llevaba puesto un estupendo sombrero de cuero que no se había quitado al entrar en la tienda, y le gustó que me fijase en él.

—El viaje a Australia me ha dado ganas de explorar Nueva Zelanda.

—Pero, si no me equivoco, son muy distintas.

–Sí, seguramente, ¡pero no deja de ser Oceanía!

Me sorprendió el arrebato de Philippe. Parecía disfrutar de total libertad de movimientos en función de lo que le pidiese el cuerpo.

–¿Qué libros tiene que vengan de Nueva Zelanda?

–Nueva Zelanda es probablemente el único país del mundo en el que la literatura ha sido desde el principio cosa de mujeres. Le recomiendo un libro de Keri Hulme, *El mar alrededor*. Originalmente, los maoríes llamaban «larga nube blanca» a ese territorio. Pero si lo que quiere es prepararse para el viaje, debería ver *El piano*, una película estupenda de Jane Campion, neozelandesa, que consiguió dibujar a la perfección los paisajes de su país y la colonización a través de la historia de una familia.

–Pues voy a seguir su consejo, aunque no sé muy bien dónde agenciarme esa película. ¿Podría pedírmela?

–Lo siento mucho, pero no vendo películas... Aunque, si quiere, puedo prestársela. La tenemos en casa, mañana se la traigo.

–Oh, es muy amable por su parte.

Philippe se llevó el libro de Keri Hulme y la guía Gallimard de Nueva Zelanda.

Siendo librera, una sabe muchas cosas sobre los clientes. Me cuido mucho siempre de no ser indiscreta con mis preguntas, pues, de alguna manera, ya lo soy al conocer sus lecturas. Puede que, a fin de cuentas, los libreros sean un poco voyeristas. Los libros son el espejo de dos caras que les permite observar a sus congéneres. Y es especialmente cierto en pueblecitos donde todo el mundo se conoce. Creo que sería capaz de trazar un mapa emocional muy íntimo de los habitantes de Uzès.

Cuando cumplí cuarenta años, Nathan me regaló un documento extraordinario. A simple vista, al desenrollar aquella lámina enorme de papel manila, me pareció que se trataba de un árbol genealógico. Y, en realidad, era un árbol, pero en la punta de cada rama se veía la portada de un libro. Todos los libros que Nathan consideraba que formaban parte de mi biblioteca ideal. En las ramas de la izquierda, libros escritos por hombres; en las de la derecha, los escritos por mujeres.

En las ramas más bajas, novelas que narran historias contemporáneas; en las más altas, las que cuentan hechos más antiguos. Pegados al tronco, libros ambientados en Francia; en la punta de las ramas, aquellos situados en los confines del mundo.

Mirando el árbol, me sorprendió comprobar que las puntas de las ramas estaban más pobladas que el largo del tronco; y la parte superior del árbol, más frondosa que la inferior. En definitiva, mi árbol estaba abarrotado de fruta en los bordes y mucho menos en su interior. Lo que significaba que tengo una clara inclinación por los relatos que me hacen viajar lejos, ya sea en el tiempo o allende los mares.

«Dime lo que lees y te diré quién eres». Aquel árbol de libros mostraba, en realidad, mi perfil íntimo. Quienquiera que tuviese acceso a aquella representación podría hacerse rápidamente una idea de quién soy, de lo que busco.

Me emocionó que Nathan se hubiese tomado la molestia de tratar de hablar de mí sin recurrir a las palabras. Quienes conviven con nosotros pueden ser los que mejor, o peor, nos conocen. A través de su forma de representarme, Nathan expresaba también cómo me percibía. Y yo me reconocía en aquel retrato chino arbóreo. El peligro en una pareja está en que ambos conserven la imagen fija del otro tal y como era al principio de la relación. Porque puede resultar muy reconfortante considerar a la pareja de uno un ser inmutable, ya sea en sus defectos como en sus eternas virtudes, pero es no tener en cuenta la capacidad que uno tiene para cambiar ni la cantidad de adaptaciones forzosas y de afortunadas elecciones que trae consigo la vida.

Reconocer al otro en sus movimientos es también permitirle que se mueva, lo que, a veces, implica acompañarlo. Algo así como los bailarines que se amoldan al gesto de su compañero sin que sus cuerpos se toquen. No es nada sencillo. En ocasiones, los movimientos pueden ir en una dirección hacia la que uno o no quiere o no puede ir. Algunas parejas consiguen dejarse amplios espacios para que cada uno lleve a cabo sus propias búsquedas sin percibir una amenaza en esos territorios explorados en solitario. A otras, se les hace cuesta arriba lo que consideran como una bifurcación de caminos. Y, a veces, es cierto que uno pierde a su pareja no porque esta haya cambiado, sino porque no lo ha hecho, mientras que nosotros nos hemos convertido en otra persona.

Ese ejercicio de libertad en una pareja es un sutil juego de equilibrios. Tomarnos nuestro tiempo para definir lo que nos parece importante, lo que lo ha sido pero ya no lo es, lo que nos gustaría que sucediese en nuestras vidas también ayuda a tomar conciencia de nuestros propios movimientos.

Nathan lo había hecho con un árbol de libros, y pensé que tal vez yo pudiese hacerme uno con las palabras importantes en mi vida, poniéndolas sobre el papel sin orden ni concierto para luego agruparlas en nubes de analogías. Seguramente, así descubriría sobre qué tierra pisaba. Y si Nathan hacía lo mismo, podía ser interesante comparar las tierras de ambos.

Le conté a Nathan aquel nuevo encuentro con el lector viajero. Le extrañó que yo le hubiese propuesto a un cliente prestarle un DVD, porque me cuesta sacar de casa mis libros y mis películas, ya que suele ser sin retorno en muchas ocasiones.

–Confiesa, ¿te ha entrado por el ojo ese Indiana Jones? ¿O es que se parece a Robert Redford?

–Para nada. Es un hombre de unos cincuenta años, de lo más normal del mundo, pero con una vida plagada de viajes.

–¡Debe de ser millonario!

–Pues no hace ostentación de ello; pero debe de serlo, claro.

Philippe fue a buscar *El piano* y me la devolvió dos días más tarde, entusiasmado.

–Es una película realmente bonita. La presencia del mar está muy lograda. Me ha servido para tomar conciencia de la naturaleza insular de Nueva Zelanda. Qué curioso es vivir en una isla. Sea cual sea su extensión, las islas transforman el carácter de las personas que las habitan. Como si fuesen un poco menos libres que el resto.

–Pues yo no creo que sea esa la sensación de quienes han nacido en una isla. ¡Cuántas veces no se han convertido en grandes viajeros al sentir de una manera más acuciante la necesidad de salir fuera y descubrir mundo!

»¿Ha leído *La isla*, de Robert Merle? Es un hermoso fresco de los desafíos que se plantean cuando unos hombres y unas mujeres se ven condenados a vivir juntos en un espacio delimitado por el mar.

–¿Dónde está situada esa isla?

–En algún lugar de la Polinesia.

–Quizás podría pasar por allí de camino a Nueva Zelanda...

–No creo que sea tan sencillo. Aunque el libro de Robert Merle está basado en la historia real de los supervivientes de la Bounty, no estoy segura de que tenga una localización concreta.

Philippe ojeó un buen rato los *Carnets de voyage*, de Titouan Lamazou.

–¿Usted utiliza cuadernos de viaje, Philippe?

–Sí, siempre llevo conmigo una caja de acuarelas. Los hay que sacan fotos, pero me he fijado en que muchas veces estas terminan sustituyendo a sus recuerdos y que son incapaces de hablar de su viaje sin los álbumes. Como si en la foto estuviesen ocultas sus propias sensaciones.

»La acuarela me funde con el paisaje, me permite ser parte de él desde su interior. Solo soy capaz de pintar bien aquello que he observado con todo detalle. A veces, hay ciertos detalles que me sirven de inspiración: un rostro, la sombra alargada de un edificio, un árbol. A través de mi pincel, me transformo en el rostro, la sombra o el árbol. Soy lo que pinto.

–¿Me enseñará su cuaderno de Nueva Zelanda?

–Se lo prometo.

Después de marcharse Philippe, me quedé pensativa. Me había afectado bastante lo que me había dicho.

He tardado mucho tiempo en aprender a vivir en el presente, a pesar de que el presente sea el único tiempo habitable... El pasado ya se ha ido y el futuro todavía no ha llegado. Si no vivimos el presente, vivimos solo de recuerdos y de expectativas, arriesgándonos a caer en la melancolía y en la frustración.

Nunca le he dado demasiadas vueltas al pasado ni he sido una nostálgica. Aunque puede que no haya alcanzado aún la edad en la que la nostalgia asoma la patita...

En cambio, he vivido durante mucho tiempo movida únicamente por la espera de lo que estaba por venir: la cena de mañana con los amigos, el fin de semana que viene, en el que podremos ir a Crozon; el viaje de estudios a Viena que organizaba para mi clase del último año, el día en que tendría un hijo, el día en que el niño aprendería a caminar, etc.

Y cuando el acontecimiento tenía lugar –ya fuese insignificante o de mayor importancia–, no lo vivía. El siguiente proyecto se lo llevaba por delante.

No es que se tratase de impaciencia ni de voracidad. Era plenamente consciente de mi forma de actuar. Nathan detectó muy pronto aquel defecto mío y un día me dijo: «Me encantaría vivir con la mujer del presente y no con la del mañana, porque siempre habrá un día que siga al de mañana, pero hoy no hay más que uno ¡y es aquí y ahora!».

A veces, me agarraba y me sacudía:

–¡Eh, Natalie!, ¿sabes dónde estamos? ¿Notas la arena bajo los pies? ¿Ves el brezo que se vuelve rojo con la puesta de sol?

Hasta que, un buen día, hará unos diez años, me pasó su cuaderno de bocetos, lo abrió por una hoja en blanco y me dio su lápiz.

–Venga, dibuja lo que ves.

Nathan no sale de paseo sin su cuaderno de bocetos y una cajita de colores. Suele dibujar solo en negro, pero, a veces, moja un pincel en un vaso y añade uno o dos tonos.

Bajo la repisa donde están mis cuadernos llenos de palabras, están los suyos, comprados en el mismo sitio: una tiendecita de la zona de Saint-Sulpice dedicada a las bellas artes. Quizás algún día, cuando seamos viejos y no podamos movernos mucho en nuestras tumbonas, nos dé por jugar a buscar la cita más adecuada para cada uno de sus dibujos...

Cuando Nathan me pasó su lápiz, estábamos en Crozon, delante de nuestra humilde casa, con el mar por horizonte.

–¡Pero si no sé dibujar!

–¡Y qué importa! ¡Dale!

Tracé una línea atravesando la página y le devolví el cuaderno.

–Ahí lo tienes: es el mar.

–Está bien, pero eso no es todo. ¿No ves nada más?

–Pues no. Bueno... Sí; a la derecha, está el faro.

Y dibujé el faro como lo habría dibujado jugando al Pictionary.

–Vale; y, además...

–Mira, Nathan, esto es todo lo que hay...

–¿No ves el barco al pie del faro?

–¡Ah!, sí, claro.

–Entonces, dibuja el barco. ¿Y los dos veleros frente a la punta de Dinan?

–Sí, sí.

–Pues píntalos también.

–Y la arboleda detrás de la casa, y el murete que bordea la carretera, y los helechos que recorren el murete, incluido ese que es más grande que el resto, y el banquito al fondo del jardín en el que se ha posado un pájaro, y el brezal, que es más oscuro tirando hacia el mar que junto a la arboleda, con ese gran espacio rocoso en el que no ha conseguido arraigar...

Aquel día, Nathan me dio una clave que no he dejado de utilizar. Y no para el dibujo, que no es que se me dé especialmente bien, sino para evitar vivir un momento sin poner en él los cinco sentidos.

Al principio, fue un auténtico reto. Examinar lo que veo, lo que escucho en mi entorno inmediato, así como los ruidos más lejanos, lo que siento bajo mis pies, los aromas que flotan en el aire haga frío o calor...

Empecé a vivir mi cuerpo de una manera más plena, al igual que el lugar y el tiempo en los que me hallaba.

Hoy ya no es un reto; estoy entregada por completo tanto a lo que vivo como a aquellos con los que vivo.

Vivir de manera plenamente consciente es una consigna que puede parecer una moda, pero reconozco que, con la aceleración y la saturación propias de esta época, es más acuciante que nunca. Al acortar la duración de nuestros desplazamientos, al anular el tiempo que tardamos en buscar un dato, al multiplicar las pantallas que nos atraen y nos conectan con el mundo entero hemos engendrado un ser humano hiperconectado... salvo consigo mismo.

Hay quien consigue mantener una línea y es capaz de abstraerse del mundo para dar con una forma de concentrarse; otros se dan cuenta de que están dirigidos por una fuerza centrífuga no identificada. A no ser que uno esté dispuesto a aceptar tanto las buenas como las malas sorpresas, no es aconsejable dejarle el timón a ese piloto automático del que no sabemos nada.

Bajar el ritmo es el principio del movimiento. Habitar el momento más que ir tras él. Implicarse plenamente en cada cosa más que en muchas a medias.

No me cabe duda de que, ayudado por la pintura, Philippe puede ser mucho más consciente de su viaje con la punta de sus pinceles que otros que se plantan en los confines del mundo pero su cabeza no ha salido nunca de Francia, alimentándose de mensajes recibidos y respondidos de inmediato, de fotos compartidas en tiempo real, como si el tiempo y las distancias se hubiesen difuminado, comprimidos en una nueva unidad de medida de la que nosotros fuésemos la referencia.

Volví a ver a Philippe pasado un mes largo.

—¡Ya estoy de vuelta! Si le gustan las ovejas y las grandes extensiones, no se lo pierda. Es un país que está todavía muy centrado en la ganadería. ¿Y sabía que *El Señor de los anillos* se rodó casi por completo en Nueva Zelanda? Más exactamente en el Parque Nacional de Tongariro, cuyo relieve compuesto por volcanes inactivos se amoldaba muy bien a los escenarios de la Tierra Media.

—No lo sabía. ¿Y fue allí donde se compró ese bonito chaleco de lana de oveja?

—Sí, ¡aunque da un poco de calor en esta época! Y mire lo que le he traído...

Philippe venía con una caja de cartón, de la que sacó una impresionante acuarela. Representaba una hermosísima playa azotada por aguas tempestuosas. En la orilla, solo en medio de la nada, había un piano ante el que había una mujer sentada.

La referencia a *El piano* no podía ser más explícita, pero

los rasgos de la mujer me desconcertaron. No cabía duda de que el acuarelista se había inspirado en mí.

Philippe, que no se inmutaba por nada, consideró necesario añadir:

–¿Ha visto? ¡Es usted en Nueva Zelanda!

–Eh... Estupendo, sí. Gracias. No me lo esperaba...

–Es en Karekare Beach, la playa que sirvió de decorado a *El piano*. ¡Se ha convertido en un lugar muy turístico!

–¡Estupendo! ¿Y su cuaderno de viaje?

–En cuanto lo termine, se lo traigo. Pero parece que se me acumulan los planes: me gustaría poner rumbo a Chad antes de la estación cálida...

–¡Pero bueno! Lo suyo es un no parar... ¿Luego le tocará ir a Islandia a pasar el verano?

–Pues no va desencaminada. Estoy pensando seriamente en continuar por el Antártico en un crucero a bordo de uno de esos barcos dedicados a la investigación que ponen algunas literas a disposición de los viajeros de a pie.

–En Gallimard no tienen guía del Chad –le dije en un tono de burla amable.

–Ah, bueno... –respondió Philippe, visiblemente contrariado–. ¿Y en otra editorial?

–Tampoco. Hasta hace unos meses, no era un destino al que los turistas pudiesen viajar sin correr peligro...

–Vale, ya veo... ¿Y qué otro país me aconsejaría?

–Pero, a ver, Philippe, ¡que no soy una agencia de viajes y usted tiene mucha más experiencia que yo! ¿Cómo pretende que le sirva de guía?

–¡Tengo una idea! Dígame cuál es el último libro que le ha gustado mucho y tiene lugar en un país extranjero.

Por un momento, creí que Philippe no hablaba en serio. Me parecía tan surrealista aquella conversación, conmigo encargada de planificar para otro un viaje al fin del mundo. Para más inri, el otro en cuestión acababa de dibujarme ligera de ropa ante un piano en una playa neozelandesa...

–Pues no sé qué decirle, Philippe. He leído mucha novela policíaca últimamente.

–Pero no me deje así colgado...

–El juez Di...

–¿Disculpe?

–¿Conoce China?

–No, no la conozco.

–Entonces, ya está: ¡ponga rumbo a China siguiendo los pasos del juez Di!

–¿Quién es el juez Di?

–El protagonista de varias obras de Robert Van Gulik. Fue un escritor holandés que murió en los años setenta por haber fumado demasiados cigarros. Y un eminente sinólogo casado con la hija de un mandarín. Las intrigas de sus libros son apasionantes y nos transportan a la China de antes de Mao valiéndose de mucha documentación.

–De acuerdo. ¡Viva China!

–Entiendo que también quiere la guía Gallimard dedicada a China, ¿no?

–¡Por supuesto!

Philippe se marchó con nueve de los dieciséis libros del juez Di, porque no los tenía todos en la tienda.

Aquella misma noche llamé a Nathan para relatarle aquel momento estelar de mi humilde jornada librera.

–Pero, Nathalie, ¿cómo va a irse a China solamente para ir detrás de ese juez Chang tuyo?

–Es el juez Di, no Chang.

–Bueno, qué más da. ¡Tu *cowboy* está como una auténtica maraca!

–De todos modos, si lo está no es peligroso. Otra cosa: ahora tienes justo en la entrada una acuarela preciosa en la que no te costará reconocer a tu mujer. Digamos que tú no me habrías dibujado así... Y eso que a los arquitectos se les da bien el lápiz, ¿no?

Tenía ganas de bromear, y Nathan también...

–Prefiero esperar a ver. Si apareces muy expuesta, la ponemos en la habitación; si no, ¡la llevamos a enmarcar y le buscamos un sitio en el salón! Deberías invitar un día a casa a ese Gauguin de la Tierra Media tuyo. ¡Podría hacernos un especial del National Geographic en versión acuarela!

En cuanto llega el buen tiempo, aparecen los turistas y las callejuelas de Uzès se llenan de puestos de pañuelos indios, de jabones a base de esencias naturales, de vendedores de pulseras de cuero o de cuadritos de la Provenza.

Las terrazas al sol son las más cotizadas.

Nathan y yo tenemos nuestras costumbres y, cuando él está de vacaciones, nos gusta mucho leer el periódico en la cafetería Suisse d'Alger antes de abrir la librería.

Es un café muy cuco que hace esquina en una plazoleta, justo antes de la famosa Place aux Herbes. Su fundador era un suizo que había vivido durante muchos años en Algeria. En la actualidad, lo gestionan dos mujeres encantadoras que todavía preparan el chocolate caliente con leche y no con agua hervida.

Nathan sonríe cada vez que entro en un café y me intereso por el método de fabricación del chocolate caliente aunque luego no pida uno. Para mí, es un criterio como cualquier otro para evaluar la calidad de un establecimiento. Creo que es mejor evitar comer un cuscús o un estofado en un sitio en el que ni siquiera saben preparar un chocolate.

Así que estaba bebiéndome un chocolate mientras Nathan leía el periódico cuando el puesto de la chica de enfrente captó mi atención.

Entre los cuadritos que representaban campos de lavanda con su pequeño cercado o un prado con ovejas paciendo entre los olivos, había unas acuarelas. Era evidente que eran obra del mismo artista, y representaban amplias extensiones con canguros, cocoteros al borde de una playa azul turquesa, indios con coloridos ponchos acompañados de sus llamas, las calles de Pekín abarrotadas de bicicletas y de *rickshaws*.

Me incliné hacia delante para leer mejor la firma que había en la parte inferior de los cuadros: PK.

–Buenos días, señorita. Tiene aquí cosas muy bonitas.

–Gracias, se lo diré a mi padre. Él es quien pinta todo esto.

–¡Pues bien se merece que lo felicite!

–Lo más llamativo es que pinta a partir de imágenes que encuentra en libros. Antes tenía una tienda en la que se dedicaba a revelar fotos de otros, principalmente de viajeros que venían de la otra punta del mundo. Luego, llegó la digitalización y la fotografía tradicional desapareció. No fue fácil, pero mi padre consiguió llevar a cabo una reconversión. ¡Y ahora el artista es él! Gracias a eso, hemos podido mudarnos al sur. Para mí era algo importante, dado que soy asmática y el clima bretón ya no me iba bien.

–¿Así que viene de la Bretaña?

–Sí, de Morgat. ¿Lo conoce?

–¡Por supuesto! Es la capital del amago de isla que es Crozon, mi región favorita de la Bretaña.

Nathan, que estaba ahora a mi lado, se fijó en que tenía los ojos llorosos.

–¿Pasa algo, Nathalie?

–No, no, estoy bien. Ya te contaré...

–Anda, dime por lo menos que no te están entrando ganas de poner en casa un cuadrucho de la Provenza con una ovejita y su pastorcillo...

–¡No son cuadruchos! ¡Es un trabajo exquisito!

Me llevé a Nathan lejos del puesto y le relaté lo que acababa de descubrir. A mí aquella historia me resultó conmovedora. A él le pareció muy graciosa.

Cuando Philippe volvió a visitarme a finales de junio, hablamos de China. Su viaje había ido muy bien, y a él le había chocado ver hasta qué punto las tradiciones ancestrales habían sido desplazadas por la modernidad.

–Pekín es una ciudad insufrible por culpa de la contaminación, pero, en cuanto uno se aleja de la metrópolis, se encuentra con una China eterna, como de postal.

–Me alegro por usted, Philippe. Y qué, ¿para cuándo la próxima salida?

–Estoy dudando entre Islandia, la isla de Spitsbergen, Noruega...

–Bueno, siempre puede ir a las tres. En Gallimard tienen guía para todas, y solo tiene que leerse *Pueblos cazadores del Ártico*, de Roger Frison-Roche. Él también era un gran viajero, además de un escritor que sabía captar la atención de sus lectores.

Desde entonces, Philippe aparece por la puerta de la librería más o menos cada dos meses. Unas veces, vestido con camisas hawaianas; otras, con gruesas parkas pensadas para enfrentarse al Gran Norte. Se marcha a otros tantos viajes, sin olvidarse de venir a contármelos a la vuelta. Es mi Claude Lévi-Strauss particular. Tengo la teoría de que, muy pronto, habrá visitado ya los doscientos siete países de nuestro pequeño planeta.

Leïla

En busca de las palabras y de sí misma

El verano es la temporada de la fruta y, por lo tanto, de las mermeladas...

En París, la fruta se vende fuera de sazón y a unos precios desorbitados. No es sorprendente que a generaciones y generaciones de urbanitas no les guste. A mí me pasaría igual si no hubiese probado la de Marruecos.

Mi madre me enseñó a apreciarla y a valorar más si cabe la que está un poco estropeada, pues es más dulce que el resto. Allá, a nadie se le ocurriría tirar una fruta porque tiene una triste mancha en la piel.

Un plátano de piel oscura es mucho mejor que uno que apenas ha empezado a amarillear. Y un albaricoque se come cuando su color naranja se vuelve cobrizo; ¡bajo ningún concepto, cuando está tan duro que cruje como una manzana!

Saborear una fruta es también una buena práctica para entrenar nuestra conciencia plena. Habría que tener una academia de la fruta que siguiese el modelo de la que creó Steven Spurrier para el vino. Los aficionados irían a hacer catas a ciegas en veladas dedicadas al albaricoque, el melocotón, el tomate... Y, como en el caso de los vinos, a los aprendices les vendarían los ojos e irían descubriendo una a una el gusto de cada fruta.

Existen millones de variedades de tomates en el mundo, más de trescientas variedades de melocotones y cientos de albaricoques. Y, para cada una de ellas, hay toda una gama de adjetivos relacionados con el olfato, así como con el gusto y las texturas, que nos ayudarían a explorar el paso de dicha fruta por nuestra boca.

Estoy completamente segura de que las frutas más «bonitas» no serían las que cosechasen los elogios de los académicos de la fruta.

Creo que el simple acto de comer de modo plenamente consciente nos conecta con el presente. Estamos reproduciendo de forma mecánica un gesto ancestral y vital. Y quizás no esté de más prestarle un poco de atención a eso...

En el mercado de Uzès, los productores preparan unas cajas que venden específicamente para hacer mermelada.

Esa es mi especialidad: la mermelada. La hago de cualquier cosa: de fresa, de albaricoque, de higo, de ciruela...

Al principio, Nathan se burlaba de mí al ver tarros y tarros de mermelada acumulándose en las estanterías de la cocina.

–¡Cariño, se te olvida que ya no tenemos niños en casa! ¿O es por seguir el ejemplo de las revistas de decoración?

–No te preocupes, que nos servirán de regalo para nuestros amigos, y Guillaume y Élise estarán encantados de llevarse alguno a casa.

Hoy por hoy, podría presentarme a concursos de mermelada: de año en año, voy perfeccionando mis recetas y hasta me invento alguna nueva. Para empezar, tengo un truco: de azúcar moreno, solo añado la mitad del peso de la fruta; llega de sobra y aporta un toque sutil de caramelo. Mis creaciones más valoradas son las que derivan del albaricoque (albaricoque con verbena, albaricoque con menta y albaricoque con tomillo), pero también la de ciruela con castaña o higo con pistacho.

Cuando hago mermelada, la casa entera se impregna de su olor. El fuego lento bajo la marmita grande de cobre produce un borboteo muy particular que le hace la boca agua a Nathan. «Me encanta el sonido de la mermelada», dice.

Hasta me he esmerado con la presentación, preparando una etiqueta especial para mis tarros: LA MERMELADA DE LA LIBRERA. Debajo del nombre, hay un espacio en blanco que me permite anotar los ingredientes a de cada una.

Efectivamente, se las regalo a mis amigos, pero también las uso para hacer trueques con los comerciantes del mercado. El vendedor de zumo de jengibre es muy aficionado a ellas, al igual que Leïla, que me da tres quesitos de cabra por cada tarro de mermelada.

El trueque es algo a lo que se recurre mucho en el campo. Los agricultores nunca han dejado de practicarlo entre ellos, pero, con el resurgimiento del «hazlo tú mismo», se ha despertado una verdadera oleada de simpatía por este tipo de pagos que excluyen cualquier intercambio monetario.

No estoy segura de que a la hacienda pública le haga gracia, pero, si les diese por venir a decirme algo, creo que sería capaz de ganármelos con un tarro de mermelada...

El sábado por la mañana, Leïla monta su puesto de quesos de cabra en la esquina de la Place aux Herbes, justo delante de la librería. Cuando llego, ya está allí, como el resto de los comerciantes del mercado.

Esa es la mejor hora. La plaza está concurrida, pero aún no está de bote en bote. Es el horario de la gente de aquí. El horario de la gente mayor, que se levanta temprano y viene a llenar las cestas. Es también el momento en el que todavía se puede hablar con unos y con otros del tiempo que hace, de la calidad de las cosechas o de la salud de alguien.

Esa especie de bondad marca de la casa, menos evidente que en el suroeste pero desbordante de sol, baña así la plaza.

Leïla es una chica mona, de piel morena, pelo muy negro y ojos oscuros. De mirada alegre y chispeante, no es muy alta y es más bien flaca. Al fijarme en ella, me ha venido a la cabeza la canción bretona que trata sobre la joven Madeline de la Rochelle, que se peina sin espejo y sin peine sin que eso le impida ser la más guapa de todas. Su naricita, un poco respingona, y sus labios oscuros le ponen la guinda a un rostro «con mucho encanto», que diría Guillaume. Siente debilidad por la chiquilla, con la que se cruza los sábados por la mañana cuando viene a vernos. Pero el corazón de Leïla no está disponible porque ya tiene novio: Martin.

A sus veinte añitos, han decidido reunir un pequeño rebaño de cabras en la zona de Saussines, a los pies del monte Bouquet. Un pastor mayor les ha enseñado a hacer quesos, y a mí me parece que son los mejores del mercado. Un día que se los alabé, me dijo:

—Es normal. Nuestras cabras se pasan el día de ruta con Martin y comen de todo, al aire libre y no en cercados en los que se las alimenta siempre con el mismo forraje.

Las rutas son las extensiones por las que el pastor guía a los rebaños en libertad. Están trazadas de acuerdo con los propietarios de las tierras, que rara vez son los propios pastores. Las tierras del municipio suelen formar parte de esos terrenos que se les conceden a los rebaños para conservar los espacios abiertos. Ya quedan pocos pastores que vayan con sus animales, aunque en la zona de Lussan todavía hay algunos.

El pastor estaba presente en la visión bucólica de la Provenza que representaban las estampitas populares del siglo XIX, junto con los campos de lavanda o los olivos. Es un oficio tan o más duro que el del agricultor y conlleva grandes sacrificios. Son muchos los que no pueden coger vacaciones y renuncian a su familia por sus explotaciones. Pero cuando compramos en el mercado un kilo de tomates o de judías por unos pocos euros, no nos damos cuenta del esfuerzo humano que hace falta para producirlos.

Cuando vivíamos en París, solía pedirles a los niños al empezar a comer que visualizaran antes de cada plato la fruta o la verdura en el campo o el árbol correspondiente, a la persona que había cultivado y sembrado el campo agachándose para recoger sus verduras y sus frutos y trayendo luego sus cajas a vender en el mercado.

De ese modo, tomaban conciencia de sus gestos y reconocían el mérito del hombre o la mujer que los alimentaba y a quien no verían nunca.

Cuando vienen de visita y me acompañan al mercado de los productores del miércoles, Élise y Guillaume les ponen cara a esos agricultores. Así, la mirada alegre de Marcel entra en casa con el manojo de albahaca, la sonrisa de Jacqueline reina en la cesta de los melocotones y la de Leïla en la de los quesos. Dado que Martin se queda con las cabras, es Leïla la que se encarga de ir a las ferias.

Cada sábado por la mañana, nos comemos a medias un quesito de cabra sobre una tostada untada con aceite de oliva. Se ha convertido en un ritual para nosotras.

También aprovecho para comprarle los quesos de la semana, y la veo recoger su puesto a primera hora de la tarde, antes de pasar a despedirse y poner rumbo de nuevo a Saussines en su pequeña furgoneta. Leïla me ha contado que creció en Zagora, en el sur de Marruecos. Su padre cultivaba una parcela del palmar y su madre se encargaba del huertito que abastecía a la familia.

Me acuerdo perfectamente de Zagora. Es el palmeral más hermoso de Marruecos. Cuando vivíamos en Rabat, hacíamos siempre una escapada al sur cuando teníamos vacaciones. Después de hacer un alto en Marrakech, nos acercábamos a Uarzazate y nos dirigíamos hacia el valle del Dades, donde la temperatura seguía siendo agradable a pesar del verano al estar alto, o al del Draa y a Zagora en otoño o en invierno.

No hay nada más maravilloso que un paseo por el palmar, en medio de los cultivos hortícolas y con el sonido de fondo del agua que corre por los canales de riego.

Recuerdo perfectamente a las mujeres, con sus atuendos coloridos, que se encargaban de todas las tareas agrícolas. Cargaban la recolecta del día en los cestos trenzados que colgaban del lomo de los burros. Hasta el rincón más recóndito del palmeral estaba lleno de vida. A veces, un olorcillo a té con menta nos guiaba hasta una pequeña hoguera con una tetera en la que se dejaba a infusionar la bebida nacional marroquí. Los marroquíes son generosos, y nos ofrecían menta fresca, dátiles o un vaso de té si nos parábamos a charlar con ellos.

Intentaba imaginarme a Leïla de niña. Debía de parecerse a esas niñitas que corrían con los pies descalzos y una sonrisa permanente, que siempre querían jugar con nosotros. No teníamos una lengua común, pero la sonrisa es una herramienta universal que les permite entenderse a todos los niños del mundo.

Leïla tiene dos hermanos menores que ella.

Como pasa a menudo en Marruecos, Hassan, padre de Leïla y mucho mayor que su mujer, murió cuando su hija solo tenía dieciséis años. Su madre decidió irse con sus hijos a Marsella, donde vivía uno de sus hermanos, para buscar la protección del mayor en la ciudad focense.

Fui descubriendo la historia de Leïla a través de nuestras charlitas de los sábados por la mañana. En una de esas conversaciones, me habló del dolor que le causó su marcha de Marruecos:

—Pero ¿por qué no te quedaste en Marsella con tu madre? Allí, habrías estado más cerca de Marruecos...

—Cuando llegamos, mi tío nos encontró trabajo a mi madre y a mí en un hotel cerca del Puerto Viejo.

—¿Y tú no querías ir al instituto?

—Mira, en Marruecos solo había ido al colegio hasta los doce años, lo que ya era mucho para una chica. En Francia no tenía obligación de ir, así que obedecí a mi tío, pues consideraba que bastante había hecho al ocuparse de nosotros.

»Lo malo es que no tardé mucho en caer en una depresión. Echaba de menos el palmar, echaba de menos la naturaleza, el canto de los pájaros, los caminos de tierra rojiza por los que iba cantando a recoger dátiles con mi padre. Me sentía melancólica. Y mi tío tenía una única obsesión: casarme. Venían muchos hombres a verme al piso, y me di cuenta de que me exponía a acabar con un desconocido sin estar enamorada. Una mañana, decidí marcharme de Marsella. Le dejé una notita a mi madre diciéndole que no se preocupase, que me pondría en contacto con ella. Puse rumbo a la montaña de Lure, por la zona de Sisteron, y conseguí que me contrataran para la recogida de las cerezas; luego, para la de los albaricoques y la de las almendras. ¡Qué contenta estaba de reencontrarme con la naturaleza y el sol!

–¿Fue allí donde conociste a Martin?

–Sí. Él estaba de aprendiz con un granjero que tenía árboles frutales, ovejas y cabras.

»Al terminar su formación, nos planteamos quedarnos allí, pero en esa región todo es mucho más caro que aquí. Un amigo de Martin nos sugirió que viniésemos a conocer la región de Gard, ¡y esa es la razón de que estemos aquí! Me gusta la garriga, la aridez del terreno me recuerda a veces a mi país.

No tardé en darme cuenta de que Leïla y Martin estaban sin blanca. Teniendo en cuenta que no debo de ser mucho más alta que ella, aproveché una limpieza de armario para ofrecerle lo que ya no usaba.

Soy cuidadosa con la ropa, no la machaco casi nada. Pero, como me interesa la moda y a veces caigo rendida ante las túnicas que vende Hélène –la amiga que lleva la tienda de ropa que hay al lado de la librería–, mis armarios tienden a llenarse más que a vaciarse.

Nathan, que pasa el año con dos pantalones vaqueros y un par de zapatos, no para de darme discursos y me sugiere que me vaya de rebajas a mi propio armario en lugar de salir a que me tienten por las callejuelas de Uzès.

Y siempre le respondo que el día que deje de comprarse plumas para engrosar su colección de Montblanc y de Waterman tendrá permiso para comentar mi armario.

Supongo que será algo propio de todas las parejas: ese puñado de conversaciones que se repiten hasta el infinito y cuyas respuestas prácticamente no varían a lo largo de los años. Puede que constituya una garantía de algún tipo, algo así como encontrar el sombrero de paja siempre en su sitio o el azucarero colocado en el alféizar de la ventana de la cocina. Nuestros diálogos recurrentes forman parte de un paisaje que nos es bien conocido y que nos resulta tranquilizador.

Pero corremos el riesgo de que, con el tiempo, algunas de nuestras frases vayan ganando en acritud. Pude comprobarlo con mis padres, y a veces me ponía triste ver que podían estar días enteros sin intercambiar ni un gesto de ternura ni una palabra amable. Solo poniéndose pequeños peros. Individualmente, estos no tenían mayor importancia, pero, todos sumados, se convertían en una carga difícil de llevar y creaban un ambiente en el que yo, que no dejaba de ser una niña, no me sentía a gusto.

Hay que tener cuidado con esos rosarios hechos de menudencias. A veces, basta una sola cosa de más para que reviente el hilo entero.

Quizás si mis padres hubiesen pertenecido a mi generación, se habrían separado. Hoy en día, la fuerza del vínculo matrimonial ya no resiste el paso de los años cuando la rutina no deja de desgastarlo.

Sin embargo, también soy consciente de hasta qué punto me apoyé en ellos en todo momento y de lo mucho que me habría dolido que no estuviesen juntos.

Double enfance, que es una canción preciosa de Julien Clerc, expresa ese sufrimiento imposible de mitigar de los hijos de padres divorciados. Los psicólogos incluyen el divorcio entre aquellos traumas de intensidad

121

comparable a un duelo. Por mucho que las estadísticas banalicen ese paso, a nivel íntimo sigue siendo un acontecimiento excepcional en la vida de quienes se enfrentan a él.

Papá ya no está entre nosotros.
Lo echo de menos.
A menudo me lo encuentro agazapado durante días y días en los libros que pasan por mis manos... ¡Leyó tantos de ellos!
Cuando decidí comprar la librería, en realidad fue en él en quien pensé. Algunas de nuestras mejores conversaciones tuvieron como punto de partida una lectura común.
«Mira, Natoun, ¡este seguro que te gusta!».
Era raro que se equivocase, y, en cuanto yo acababa el libro, podíamos pasarnos una cena entera repasando la historia que habíamos leído a través de sus personajes, sorprendidos ambos por la reacción de este, viéndonos reflejados en la de aquel, destacando una respuesta en concreto o entusiasmándonos por la inventiva del autor en una escena realmente increíble.
El recuerdo de nuestras charlas aflora a la superficie con tanta facilidad que, a veces, tengo la impresión de que mi padre está sentado en un rincón de la librería y que seguimos conversando.
Dicen que las mujeres o eligen un marido que se parezca a su padre, o uno que sea el polo opuesto. Creo que Nathan tiene muy poco que ver con mi padre, al margen de su auténtica pasión por la geopolítica. Solían tener debates interminables, en los que se dedicaban a repasar la batalla de Alesia o a replantearse la cuestión de Oriente Medio en caso de que no se hubiesen firmado

los Acuerdos de Camp David o de que Bush no hubiese decidido invadir Irak... Era algo apasionante, y yo me quedaba escuchándolos con la boca abierta, lamentando no ser capaz de escribir un libro de política-ficción a partir de sus hipótesis.

Papá murió mientras leía la biografía de Magallanes que escribió Stefan Zweig.

Murió con su libro, tumbado en una tumbona en el jardín, en la orilla del río Loira, en Chaumont.

En un primer momento, mamá creyó que se había dormido con el libro apoyado en la cara para protegerse del sol. Pero pasado un buen rato, y al ver que seguía allí tendido, se acercó, inquieta. Se dio cuenta al instante de que ya no respiraba.

La suerte quiso que yo hubiese ido a pasar unos días de descanso con ellos antes de enfrentarme al inicio de curso.

Estaba preparando mi programa de lecturas para los alumnos con los que iba a reencontrarme en el Montaigne en unas semanas, y me hacía especial ilusión la idea de iniciarlos a la literatura. Había dado con una verdadera joya: las *Vies voisines* de Mohammed Berrada, una escritura singular y una narración muy original que exploraba los meandros de las relaciones que rigen los círculos de poder en el Marruecos contemporáneo. Berrada hablaba de un Marruecos para mí insospechado cuando vivía allí. Más tarde, leí *Nuestro amigo el rey*, el célebre libro de Gilles Perrault, que dio a conocer al mundo los entresijos de los años de Hasán II. Me conmocionó enterarme de la suerte que corrió la familia del general Oufkir por orden del monarca. ¿Cómo se puede encarcelar a niños inocentes por faltas cometidas por sus padres?

En nuestra lista de destinos turísticos, hay tantos países en los que dejamos de lado nuestras indignadas protestas humanitarias mientras buscamos sitio bajo las palmeras... ¿Cuántos turistas van del aeropuerto a su hotel o resort para pasar una semana de vacaciones protegidos por hermosos setos de adelfas que disimulan alambradas, tras las cuales proliferan la miseria y la pobreza de los poblados chabolistas? Nathan defiende que, gracias precisamente a los ingresos del turismo, esos países no son aún más pobres. Pero mucho me temo que el turismo sea la herramienta que permita al poderoso de turno hacer oídos sordos a las demandas de justicia y de un mejor reparto de la riqueza que aportan las organizaciones humanitarias.

Iba por la mitad de mis libros cuando mamá se presentó sin hacer ruido. Se sentó al otro lado de la mesa, frente a mí, posó su mano en la mía y, sonriendo, me dijo con ternura: «Tu padre ha muerto... bajo un libro».

Al principio, no la entendí y fruncí el ceño. Uno se muere porque le cae un árbol encima o porque le cae una roca, pero no un libro. Además, aquella tierna sonrisa de mi madre, tan viva y enérgica siempre, era demasiado apacible como para que yo procesase lo que me acababa de anunciar.

Mamá me cogió de la mano, instándome a seguirla. Cruzamos el salón, luego la veranda. A lo lejos, distinguí la silueta tranquilizadora de mi padre en la tumbona, a la que tan aficionado era a aquella hora de día. El río corría, saliéndose de su cauce sin contención como el hermoso río salvaje que sigue siendo todavía. Dominando el curso del agua y bañado por la luz, estaba el castillo de Chaumont, acompañado por el majestuoso cedro que se yergue junto a él.

Al acercarme, lo entendí todo.

Normalmente, les cerramos los ojos a los muertos con un sutil movimiento de la mano. En este caso, habían sido las páginas las que le habían cerrado los ojos a papá.

Le sonreí a mamá.

Yo también lloré.

En su lecho de muerte y hasta introducirlo en el féretro, dejamos *Magallanes* puesto sobre la cara de mi padre, y le permitimos a Stefan Zweig que continuase su diálogo con él.

Un día, hablando con Leïla, se me ocurrió regalarle *Retoño*, de Jean Giono, que tiene lugar en la región de Sisteron y forma parte de mi herencia paterna. Me quedé con la boca abierta al darle el regalo:

–Es un detallazo, ¡pero no sé leer! Se lo daré a Martin.

–Pero ¿cómo es posible? ¿No sabes leer ni una letra?

–Sí, sé leer un poco de árabe. Del Corán, más concretamente.

Leïla se echó a reír al ver mi cara de pasmo.

–Perdona, es que no me imaginaba algo así. Hablas tan bien...

–No tienes por qué disculparte. Se puede ser muy feliz sin saber leer y muy desgraciado siendo un intelectual, ¿sabes?

–Sí, eso es cierto...

Unas semanas más tarde, Leïla entró por la puerta de la librería.

Ya había acabado en el mercado.

—¿Puedo echarles un vistazo a los libros?

—¡Claro! Para eso están.

Leïla se paseó entre las estanterías hojeando alguna que otra obra. Yo fui siguiendo su recorrido con la mirada y me di cuenta de que no solo se paraba en las que tenían fotos.

Y me acordé del trabajo de los editores, que escogen con mimo el papel, el formato y la cubierta de sus libros.

Leïla acariciaba ciertas páginas, se concentraba en una portada: sus cinco sentidos estaban muy despiertos a causa, precisamente, de su analfabetismo.

Vino hacia mí con un libro en la mano:

—¿Qué pone aquí?

—*Zoli*, que es el título del libro. Su autor es Colum McCann, un irlandés.

—Qué bonita es esta imagen. Me recuerda a mi madre cuando baila...

La cubierta representaba a una mujer de abundante cabellera negra recogida en una cinta ancha roja. Llevaba un vestido azul de vuelo con unas gruesas enaguas. La imagen era borrosa. Parecía que la mujer estaba en la nieve, como rindiéndole tributo al lector al bajar la cabeza hacia el suelo.

—Es una cíngara. Este libro retrata a una mujer que vive los grandes acontecimientos trágicos de la Europa del siglo XX. Originaria de Bohemia, atraviesa el continente después de haber perdido a sus padres a los seis años, cuando su carromato se precipitó a un lago congelado tras ceder el hielo. Es una preciosa historia de amor, pero también es muy triste.

—¿Has leído todos los libros? ¿Te sabes todas las historias?

–Los que tengo en mi librería, sí. O casi. No todos los ensayos, pero sí la mayoría de las novelas.

–¿Qué es una novela?

–Un libro fruto de la imaginación de su autor. No es una historia real.

–Entonces no tiene demasiado interés.

–Al contrario. Si están bien escritas, estas historias pueden llegar a emocionarnos más que una historia real. Al lector, le permiten identificarse con los protagonistas que se va encontrando. Mientras lee la novela, se olvida de sus circunstancias y se mete en la piel de otro.

Leïla respiró hondo y preguntó:

–¿Te importaría enseñarme a leer?

–¡Pero si no sé cómo se enseña a leer!

–¡Pues leyendo! Tú me lees unas páginas y, al mismo tiempo, yo voy mirando las palabras. Por favor... Dime que sí...

–A ver, no tengo ningún problema en leerte un libro, pero no estoy segura de que sea así como se aprende a leer...

–¡Vamos a probar!

–En ese caso, deberíamos elegir uno más fácil.

–No, ¡yo quiero *Zoli*!

–¡Pero son más de trescientas páginas! Es un libro gordo.

–Mejor así. De esa manera, tendré más margen para aprender.

Leïla era enternecedora. Me miraba como si le suplicase a alguien que tuviese la llave de las puertas del paraíso. Tenía una mirada alegre y difícil de resistir...

–Vale, de acuerdo. Te propongo que leamos juntas unas cuantas páginas cada sábado, una vez que termines en el mercado y hasta que yo abra la librería a las dos de la tarde.

En cada una de nuestras breves sesiones, leíamos unas diez páginas.

Leïla se sentaba a mi lado, con los ojos y los oídos bien abiertos.

Yo iba señalando cada palabra con el dedo.

Al cabo de tres sesiones, empezó a participar en la lectura.

Se adelantaba a los «lo», luego a los «la», los «me» y los «ma». A continuación, se quedó con «abuelo» y «mañana»; y me di cuenta de que realmente distinguía cada vez más palabras.

Era el «método global» aplicado a las bravas, ¡pero funcionaba!

Hacia la página número cien, Leïla intentó tomar las riendas de la lectura.

Se le hacía un poco duro, y me di cuenta de que el esfuerzo era tal que se olvidaba de procesar lo que leía.

Para acabar de complicar el aprendizaje, McCann había sembrado la novela de palabras provenientes de la lengua cíngara.

Leïla descubrió así que un mismo alfabeto podía originar distintos idiomas incomprensibles entre sí.

Volví a experimentar la sensación que había tenido con Élise y Guillaume cuando empezaron a leer sus primeros libros solos.

Es algo maravilloso ver a unos niños tumbados boca abajo en la cama, aplicados y concienzudos, pasando un dedo por la página y levantando la cabeza con orgullo al final de cada una, como si hubiesen coronado otro Everest una vez más.

Era testigo a diario de hasta qué punto la lectura nos ofrece una excelente vía de escape, incluso para quien no se ha movido nunca de tierra.

Tener metidas en la cabeza las palabras de otra persona mientras leemos nos otorga la posibilidad de apropiarnos de ellas. Como un actor que debe experimentar los sentimientos del personaje al que interpreta. Claro que identificarse con ciertos personajes puede traer cola en nuestras vidas... Las posibilidades que nos ofrecen las palabras ajenas se convierten en una especie de futuribles que nos sirven de guía.

A menudo, la lectura de un libro me ha dado la lucidez necesaria para expresar lo que pensaba. He utilizado muchas veces las citas de mi cuadernillo para explicarles muy resumidamente a mis hijos cosas que no era capaz de expresar con mis propias palabras.

Recurrí, por ejemplo, a Gilles Clément, para darle más empaque a un mensaje que le envié a Élise por burlarse de mi capacidad para apoyar ciegamente a asociaciones y movimientos surgidos de la nada.

De camino a pasar parte de la noche con la gente de Nuit debout, le mandé las siguientes frases de Clément: «Cuando hay que elegir entre lo que destruye y lo que es algo distinto, incierto, yo prefiero decantarme por lo incierto. Porque es en esa incertidumbre donde reside la esperanza».

Los libros son espacios inciertos. Y dejar que los pensamientos de un tercero nos calen entraña riesgos. Algunos se cuelgan de nuestras ramas y se quedan ahí posados, creciendo con nosotros hasta que echan a volar pasado el tiempo, como pensamientos guardados en los baúles de un desván.

A veces, los hacemos nuestros integrándolos en nuestro día a día, hasta tal punto que terminamos olvidando su procedencia extranjera.

Me daba envidia sana Leïla, con todos los horizontes que se le abrirían si perseveraba con aquella alegría.

En su última visita, me había fijado en que la chica estaba más rellenita, pero por miedo a meter la pata no me atreví a preguntarle si sus redondeces se debían a un primer embarazo.

Unos meses después, viendo la curva característica de la barriguita de mi joven alumna, ya no tuve dudas y le pregunté entre risas:

–A ver, Leïla... ¿Me estás ocultando algo?

–No, nada. ¿Como qué?

La chica parecía realmente sorprendida por mi pregunta.

–¿Y no estarás un poquito embarazada?

–¡Qué va! ¡Para nada!

–Ah, bueno... Me daba la impresión...

Cuando Leïla se marchó, me quedé un poco inquieta porque estaba convencida de que lo suyo era un embarazo y no entendía muy bien por qué no quería hablar de ello.

Después de cuatro visitas más, cuando íbamos por la página doscientas cuarenta, me fijé en que Leïla había cambiado sus vaqueros por una falda larga y amplia. Noté que estaba aún más ancha, así que era difícil negar ya su condición.

–Leïla, estás embarazada, ¿verdad?

–No, no estoy embarazada. ¿Por qué sigues dándome la murga con eso?

–Pues porque salta a la vista. Tú misma tienes que verlo. ¿A que se te ha retirado la regla?

–Sí, pero porque me viene con retraso.

–¿Has ido al médico?

–¡No, no es necesario!

–Por lo demás, ¿está todo bien? ¿Y Martin?

–Sí, muy bien. Con la llegada de la primavera, está siempre de ruta con los animales.

–Iré a veros algún día a Saussines. Me encanta el monte Bouquet, destacando con las Cevenas de fondo.

–No va a poder ser. ¡Martin se las apaña bien solo!

Estaba segura de que Leïla estaba embarazada.

Yo acababa de leer *Elles accouchent et ne sont pas enceintes*, de Sophie Marinopoulos, una obra dedicada por completo a la negación del embarazo.

Contaba cómo las mujeres que no desean para nada tener hijos son capaces de vivir la totalidad de su embarazo escondiéndoselo tanto a su entorno como a ellas mismas.

No sabía qué postura adoptar, así que se lo consulté a Nathan:

–¿Tú qué harías en mi lugar?

–Hay que echarle una mano a tu chiquilla. Pero si ella no atiende a razones, lo mejor será hablar con su novio; está claro.

–Lo malo es que no lo conozco. Se dedica a la «guarda», que es la expresión que utilizan los pastores para referirse a la vigilancia de los rebaños que pastan libres en la garriga.

–¿Por qué no le pides a Virginie que te acompañe la próxima vez que venga a verte Leïla? Ella es médica, puede que tu pupila acceda a escucharla.

Me pareció una buena idea, y Virginie aceptó pasar por la librería el sábado siguiente, pero Leïla no puso el puesto aquel día ni vino a su clase de lectura.

El sábado de la siguiente semana vi aparecer a la chiquilla marroquí, que apenas conseguía disimular sus redondeces bajo una falda al estilo de la de Zoli, la cíngara de McCann.

Llamé a Virginie para que viniese, pero no cogió el teléfono.

Cuando Leïla entró en la librería, me pareció que estaba tensa.

Se sentó en su sitio y empezó a leer...

La interrumpí para ofrecerle el libro de Marinopoulos:

–Leïla, mira la cubierta de este libro y dime qué lees.

–«Dar a luz sin estar embarazada: la negación del embarazo».

–¿Sabes a qué se refiere con «negación»?

Leïla se echó a llorar.

–¡Yo no puedo estar embarazada! ¡No quiero estar embarazada! No tenemos dinero. Vivimos en un cuarto al lado de las cabras. ¡Martin no quiere bebés!

Abracé a la chica.

–Mi querida Leïla, no te pongas así... No sirve de nada negar las cosas. Mira tu barriga.

Le puse la mano encima y empecé a acariciarle el vientre; luego, cogí su mano para que hiciese ese movimiento conmigo.

–Hay un bebé en esta barriga. Y es demasiado tarde para no darle la bienvenida a este mundo, pero no para quererlo. ¿Cómo sabes que Martin no quiere un bebé?

–Porque no es posible...

–Pero ¿te ha dicho él que no quiera un bebé?

–No, no me ha dicho nada.

–¿Te acuerdas de cuando me hablabas del amor que sentías por tu padre cuando te llevaba al palmar a descubrir pájaros, para ver los progresos de las yemas o a recoger dátiles? Un bebé no solo es un regalo maravilloso que la vida le da a la madre, sino también al padre. ¿No crees que va siendo hora de hacerle ese regalo a tu novio?

Leïla lloraba intensamente, y las lágrimas trazaban surcos más claros en su piel morena hasta que le llegaban a los labios y ella las recogía con la lengua.

–No lo sé. Puede que tengas razón.

–¡Pues claro que tengo razón! ¿Le tienes un poco de miedo a Martin? ¿Puede llegar a ser violento?

–¡No, nunca! ¡Qué va! Es un chico encantador.

–¿Entonces no necesitas que te acompañe para contárselo?

–No. Pero ¿estás segura de que estoy embarazada?

–Sí; y tú también. ¿No se mueve el bebé a veces?

A Leïla se le escapó la primera sonrisa del día.

–Sí, creo que se está moviendo. ¡Pero es la primera vez!

–La primera vez que lo notas, quizás... Pero debe de llevar un tiempo ya haciéndote señas y esperando a que le contestes.

Leïla se puso una mano en la barriga y acarició lo que fuese que estuviese notando...

El sábado siguiente, Leïla no estaba sola en el mercado. Un atractivo joven, moreno y sonriente, la acompañaba.

Me di cuenta al instante de que la pareja había tenido una charla.

–¡Hola, Leïla!

–Hola, Nathalie. Te presento a Martin.

–Hola, Martin, encantada de conocerte.

–Lo mismo digo. Y Leïla tiene algo que decirle.

–Sí, queríamos contarte que estamos esperando un bebé. Nacerá en dos meses, y estamos muy felices. Martin me acompañará a las ferias, porque no quiere que me canse demasiado. Todavía no sabemos dónde daré a luz. Puede que en la cerca, con las cabras.

–Bueno, ya sabes que ha habido grandes hombres que nacieron en un establo...

Martin y Leïla sonrieron.

–Hay otra cosa que quiero decirte. O leerte, más bien.

Leïla sacó un librito y empezó a leer:

–«Hay fuego en el hogar, pero el viento ha atascado la chimenea y sopla su melodía con humo, cenizas voladoras y una llama aplastada».

Era la primera frase de *Retoño*, el libro de Giono que yo le había regalado.

No sé cuál de las dos estaba más emocionada.

Noé nació un mes más tarde.

Martin y Leïla vinieron a presentármelo y me preguntaron si quería ser su madrina.

¡Qué emoción sentí! Teniendo una relación como la mía con Élise, que no siempre es fácil, me alegraba que una chica poco mayor que mi hija me demostrase de esa manera que confiaba en mí.

Así que acepté.

Fue unos días antes de que Élise viniera a pasar un fin de semana largo en casa.

Cuando llegó mi hija, le conté la historia de Leïla. No sé si fue una torpeza por mi parte, pero recibí unas cuantas pullas burlándose de mi faceta de san Bernardo que salva al mundo para que le pongan un monumento en su honor.

Me dolieron esos comentarios suyos.

¿Cómo podía tener esa idea de mí?

Élise sentaba cátedra con la autoridad de una veinteañera y no daba margen para mantener una conversación sin tener siempre el cuchillo entre los dientes. Para dos días que teníamos, yo no quería caer en eso; de ahí que decidiese tragarme la rabia de verme retratada de una manera sumamente injusta.

Nathan se había dado perfecta cuenta de que yo me sentía dolida, pero no mencionó aquella conversación hasta que no estuvimos a solas.

—¿Por qué tenías que hablarle de Leïla a Élise?

—Porque estoy contenta de que esa chica me muestre su confianza eligiéndome como madrina.

—¿Y qué mensaje crees que le transmites a tu hija con eso?

—Ninguno. Le hablo de mi vida, nada más.

—Eso es... ¿No te parece que también le estás diciendo: «¿Ves, Élise? Hay chicas que no solo no me rechazan, sino que hasta me tienen mucho cariño»? Y, de paso: «Tú eres la que se equivoca, a las otras les parezco genial».

—No era esa mi intención.

—Puede que no de manera consciente...

—¿Entonces no debería hablarle más a Élise de cosas que son importantes en mi vida?

—Sabes perfectamente a lo que me refiero... Cuando una relación, por el motivo que sea, no atraviesa un buen momento, cualquier cosa puede ser malinterpretada. Las palabras pierden su significado literal, y solo las vemos como munición para alimentar una contraofensiva.

—¡Pero es injusto!

—Evidentemente. Pero esto no es una historia sobre la justicia entre una madre y una hija sino una historia de amor. A veces, querer significa no soltar todas las palabras, sino guardarse algunas.

—A mí no me educaron de esa manera. Me gustan las relaciones honestas.

—Entonces, has de aceptar que, si subes a la red cuando no toca, puede que te lancen una pelota imposible de parar.

Bastien

El mensajero silencioso

A menudo, noto que mi ánimo varía en función de mi entorno. Soy una esponja tanto para el buen humor como para el mal humor de quienes me rodean. Me afectan los comentarios que se van de madre, las salidas de tono...; pero también soy la primera que muestra una sonrisa y se ríe a carcajadas.

A veces, lamento no tener más capacidad para distanciarme y resistirme a la negatividad en el ambiente, pero, como tampoco me cuesta dejar atrás la oscuridad, prefiero ser sensible antes que enfundarme una cota de mallas para protegerme.

Bastien me hizo sentir incómoda.

Nunca se lo he dicho, pero rara vez me he sentido turbada ante un hombre hasta el punto de sentir mi propia vulnerabilidad.

Estoy convencida de que todos tenemos un aura en torno a nosotros que nos acompaña. Es algo así como un cuerpo sensible pero invisible que se encarga de los primeros contactos, se lleva los rasguños de los zarpazos que nos dan, nota la caricia de un alma cercana... o su lado oscuro.

Estaba con Hélène cuando entró Bastien.

Empezó a deambular sin buscar realmente nada, limitándose a hacer tiempo hasta que terminase de hablar con Hélène.

Sin siquiera mirarlo, me recorrió un escalofrío.

Su rostro tenía la misteriosa fragilidad de un ángel. Como una cascada, sus largos rizos rubios le caían sobre la espalda. Un abrigo oscuro hasta los pies y con las mangas doradas como las de un oficial de marina contribuía a añadirle misterio.

–¡Eo, Nathalie! ¿Estás o no estás?

–Sí, eh... No.

–¿Conoces a ese hombre que acaba de entrar en la librería?

–No, no lo había visto nunca.

–Estás rara. ¿Pasa algo?

–No, no; todo bien.

–De todas formas, no te ha dejado indiferente. ¡Cualquiera diría que es Corto Maltés en rubio!

Hélène tenía razón.

–¿Quieres que me quede contigo?

–No, qué va. ¿Qué me va a pasar?

–No lo sé. Diría que de todo, a juzgar por lo cambiada que estás desde que ha entrado.

Hélène volvió a sus trapitos y me dejó sola. Bueno, no literalmente.

–Buenos días. He visto que tiene la pegatina de POST-BOOK en el escaparate. Eso quiere decir que se encarga de hacer envíos a cualquier parte, ¿verdad?

–Sí, así es. Hace dos años que se puso en marcha ese servicio. Es una colaboración de la asociación de librerías y Correos para intentar contrarrestar el peso de Amazon, que nos hace una competencia bestial. Para envíos dentro de Francia, le hacemos llegar un libro a su destinatario en veinticuatro horas; en el caso de Europa, son cuarenta y ocho horas; y, para el resto del mundo, setenta y dos horas.

–Esto es para Francia.

–Muy bien. ¿Ya ha decidido qué libro quiere enviar?

–Sí. *El hombre que plantaba árboles*, de Jean Giono.

–Lo tiene en varias ediciones. Hay una que viene con ilustraciones troqueladas que forman siluetas al pasar las páginas.

–No, prefiero la edición más clásica.

Fui a buscarle el librito a la estantería. Me flaqueaban las piernas y sentía que, de un momento a otro, iba a desmayarme. «¿Qué me está pasando?», me preguntaba. Nunca había tenido esa sensación de estar flotando.

El hombre que plantaba árboles fue el primer libro que me regaló Nathan.

La historia de Elzéard Bouffier es una verdadera parábola que nos invita a ponernos manos a la obra para cambiar el mundo que tenemos a nuestro alcance, sin escudarnos en la inacción mientras esperamos una toma de decisiones a nivel planetario.

–Aquí tiene una tarjeta para que escriba unas líneas que acompañen el envío.

–No es necesario. ¿Quiere que le dicte la dirección?

–Sí, claro.

–Yann Kermezen. Casa de la Clarée, CP 05230 Névache.

–Un nombre muy bretón...

–Sí, pero vive en los Alpes.

Desde que había entrado en la librería, el rostro del hombre no había reflejado ninguna emoción. No sonreía, pero tampoco resultaba desagradable. Tenía un aire algo melancólico. No parecía estar del todo allí; se dirigía a mí educadamente, pero no me prestaba más atención que a cualquier librera a la que uno acaba de comprarle un libro...

Yo viví aquel momento con una sensación muy diferente, ya que, cuando se marchó, me quedé con la impresión durante mucho tiempo de que mi brújula había perdido el norte.

Con la regularidad de un metrónomo, Bastien volvió cada tres semanas.

Y, en cada ocasión, yo sentía el mismo azoramiento. Terminé acostumbrándome, igual que se domestica a un animal salvaje que empieza escapándosenos para luego aceptar nuestra presencia.

Lo que más me intrigaba era el hecho de que el chico transitase por caminos literarios idénticos a los míos y que enviase de forma anónima a los Alpes libros que pertenecían a mi biblioteca ideal. Después del libro de Giono, de *El hombre alegría* de Bobin, y de *El abisinio* de Rufin; acababa de pedirme que mandase *Seda*, de Alessandro Baricco.

Fue un libro que tuvo una gran repercusión en esta zona, ya que los sericultores y todo lo relativo a la crianza de gusanos de seda forman parte, en realidad, del patrimonio histórico-cultural de la comarca de Gard.

Baricco había tejido en seda una relación amorosa tan imposible como sutil entre un habitante de Ardèche y una joven japonesa.

Decidí lanzarme...
—Perdone, pero me pica un poco la curiosidad. Es que los libros que escoge parecen salidos directamente de mi biblioteca personal. ¿Podría explicarme qué criterio sigue para hacer su selección?
—Sí, depende de razones muy diversas. Sin entrar en detalles, considero que Bobin es capaz de expresar con palabras simples ideas maravillosas. Comprendió mucho antes que yo que lo complejo nunca conduce a

la felicidad. Muy al contrario, él nos invita a observar el vuelo de una golondrina o a un niño que va a la escuela como si se tratase de un relato único y sagrado. *El abisinio* me transportó a una época en la que me habría gustado vivir, ya que el hombre estaba en el apogeo de su propia historia, entregado a la creencia en un mundo sin límites en el que cada viaje conducía a nuevos descubrimientos. Y por lo que respecta a Baricco, para mí se trata de un libro de viajes, y no solamente en relación con Japón sino también por la trama sensual en torno a las emociones. Es una de las historias de amor más hermosas que conozco. ¿Cómo se llama usted?

–Nathalie.

–Yo soy Bastien...

El hombre había sonreído. ¡Vaya novedad!

No me atreví a dilatar la conversación. Aquel puñado de palabras que habíamos intercambiado me hacían sentir como al borde de un precipicio...

Bastien pasó rozándome al ir hacia la puerta de la librería. Cerré los ojos, inspirando su aroma. El suyo era un perfume ambarino sobre una ligera base cítrica, muy oriental; en realidad, era casi femenino.

A toro pasado, maldije aquella repentina timidez tan impropia de mí.

Nunca le he hablado de Bastien a Nathan.

Culpable. Fui culpable desde el primer día. Culpable de sentirme fascinada por un hombre que no era el mío.

Cómo es posible que estemos programados para ser capaces de pasar décadas sin que nada perturbe el avance de la cordada en nuestra pared sentimental y, sin embargo, un simple soplo nos lance al vacío.

Nathan nunca ha sido un compañero de lectura para mí. Y a veces lo he echado en falta, ya que entre lectores se crea un fuerte vínculo, unidos por la emoción del libro compartido. El libro se convierte en un mediador que permite entender al otro y, también, hacerse entender mejor gracias al poder de lo leído en común para exponernos.

Culpable...

Pero ¿culpable de qué? ¿Somos culpables aun cuando la carne no se ha pronunciado? ¿Somos culpables mientras nos mantenemos en la soledad de un sentimiento que todavía no ha alcanzado a su destinatario?

De igual modo, me resultaba imposible hablarle a Hélène de lo que me sucedía.

A ella le había llamado la atención la frecuencia de las visitas, pero había dejado de hacerme preguntas después de que yo le puntualizase que no sabía nada de aquel hombre, que no había nada que decir de él ni de mí. En resumen: era un enorme «*no man's land*» carente de sentido.

Sabía que Bastien no tardaría en volver... Hacía casi tres semanas desde la última vez.

La beauté du monde, de Michel Le Bris, salió rumbo a los Alpes.

–¿Este le ha gustado? –me preguntó.

–¡Por supuesto! Estoy convencida de que estamos obligados a encontrar el equilibrio entre nuestra parte salvaje, que reprimimos en exceso, y la modernidad, que nos condiciona dentro de los mismos códigos de comportamiento, de alimentación, de vestimenta... Gracias a este libro descubrí Kenia y, luego, me fui allí con mi marido.

Me pregunté si me habría puesto roja al hablar de Nathan.

Tenía la sensación de que, al pronunciar la palabra «marido», había colocado a Nathan en la senda de la oferta y la demanda. Vaya ridiculez.

Bastien no parecía haberse dado cuenta de nada.

Estaba en otra parte.

¿Dónde?

No quería saberlo, no quería preguntárselo, pero notaba que no estaba allí.

Tres semanas más tarde, le tocó el turno de poner rumbo a los Alpes a *Desierto*, de J. M. G. Le Clézio.

La lectura de aquel libro me había entusiasmado.

Le Clézio había sabido expresar en qué medida –a pesar de todo lo que pueda sucedernos– conservamos espacios de libertad, llamas que arden y a las que anhelamos regresar.

El desierto era el lugar sagrado de Lalla, la protagonista. El mío es el amago de isla de Crozon, en la Bretaña. Mientras exista Crozon, sé que siempre tendré un refugio disponible frente al océano, en medio de las landas de brezo.

En Crozon se difuminan mis lamentos y cicatrizan mis heridas. Siento que ya no es mi cuerpo físico el que reacciona y se expresa sino un cuerpo más etéreo, al margen de la carne, que me envuelve y se acompasa con los elementos.

Formo parte de esa tierra yodada en la que el viento y el mar modelan mis orillas interiores de igual modo que los acantilados ribeteados de espuma. Soy ellos. Me transformo en ese peñasco de granito con su contorno redondeado, mi mirada adopta el reflejo púrpura del brezo, la sal potencia mis sentidos cuando paso la lengua por el canto de mis labios.

Entonces, siento que hago mía la noción de eternidad.

Ojalá todo el mundo encontrase un rincón entre el cielo y la tierra que se convirtiese en su refugio, un lugar tan poderoso como para que la vida brote a pesar de todo y haga pedazos esa tristeza y amargura tan comunes.

No le pregunté a Bastien cuál era su refugio. Era una pregunta demasiado personal...

En cambio, quise saber si había leído *El africano*, del mismo autor.

—Sí, lo leí, pero no me gustó.

—¡Ah, bueno! Eso me tranquiliza: no tenemos exactamente los mismos gustos. A mí me habría gustado saber escribir aunque solo fuese para poder contarle al mundo entero cuánto admiraba a mi padre.

Bastien no respondió. Y yo tuve la extraña impresión de que había cometido un error.

Unos días más tarde, me llegó de vuelta *Desierto*, con una nota que decía: «Desconocido».

Me sentí contrariada.

Comprobé en mi listado que no me había confundido de dirección, pero los ocho libros anteriores habían salido sin problema con los mismos datos.

Repasando los títulos de los libros, pensé para mí que todas las historias que Bastien había elegido eran unos relatos magníficos. Su tierna melancolía no tenía nada que ver con el rosario de libros que se presentan como positivos y abiertos al mundo.

No tenía manera de avisarle, ya que no disponía de sus datos de contacto.

Solo me quedaba esperar dos semanas más...

Y me sacudí de la cabeza una idea absurda: que Bastien dejaría de acudir a la librería si no había más libros para enviar.

Bastien había aparecido en mi vida a principios del otoño, y yo estaba convencida de que se marcharía con los primeros días del verano.

Algunos esperan el verano como si fuese la única estación que mereciese la pena vivir.

Cargado de todas esas ilusiones de reencuentros familiares, de fiestas con amigos, de días que nunca se acaban, de vacaciones a lo largo y ancho de Francia o del mundo; el verano sabe a zumo concentrado hipervitaminado.

Pasamos el resto del año examinando guías de viajes, y los conciliábulos familiares dan lugar a infinitos debates: ¿Qué vamos a hacer este verano? ¿Adónde iremos? ¿Con quién?

Luego, llega el esperadísimo momento e intentamos meter con calzador en el programa estival a esos padres a los que hay que ir a visitar sin falta, a la hermana a la que hay que ir a ver a la Bretaña a pesar de que sepamos perfectamente que al cabo de tres días no soportaremos más a su marido; está la boda de los primos en Drôme, pero también los cincuenta años de casada de esa mejor amiga que vive en el País Vasco. El verano se convierte entonces en un coche por la autopista del sur del que asoman flotadores, bicicletas con ruedecillas, calzado para salir a pasear así como ropa para el baile en la boda de los primos...

Nathan y yo hemos ido por la autopista del sur en uno de esos coches llenos hasta la bandera.

Los veranos siempre se nos hacen cortos: apenas han empezado y ya se están terminando.

147

A nada que venga mal tiempo, que el cuñado esté realmente insufrible o que la casa alquilada en Drôme dé pared con pared con una gasolinera; hay veranos que dejan un regusto amargo.

Desde que nos fuimos de París, nos gusta el verano a la antigua usanza, ya que nos da la oportunidad de recibir a quienes vienen a vernos y de participar del ambiente alegre propio de las vacaciones aunque nosotros todavía estemos trabajando. Pero también nos gustan las otras tres estaciones.

El calor de la comarca de Gard es seco, y, a veces, ni esos grados que bajan las temperaturas por la noche sirven para refrescar el ambiente. Nathan lleva un poco mal esos periodos, no hace más que pensar en escaparse a Crozon, donde puede estar haciendo cosas durante toda la jornada. Aquí se ve obligado a encomendarse a las contraventanas cerradas a cal y canto en las horas centrales del día.

A mí me gusta el calor. En cuanto llego a casa, me descalzo, me pongo vestidos ligeros y me recojo el pelo en un moño anárquico.

Me encanta dormir tapada con una simple sábana y las ventanas abiertas para oír al autillo marcando el compás de la noche con sus chillidos, el viento que hace vibrar las hojas de los almeces, la fuente del estanque que ocupa la zona del patio.

Esas noches tan agradables...

Estoy tumbada en la cama, con la cabeza inclinada hacia la izquierda y los ojos entrecerrados. La sábana que cubría mi cuerpo desnudo yace a los pies de la cama.

El hombre me observa.

Se quita el pantalón de lino y su camisa color azafrán. Tiene un cuerpo bonito. Su torso, casi lampiño, de piel morena y firme, muestra una musculatura trabajada pero no demasiado. Finjo que no soy consciente de que me está mirando.

El hombre se acerca a la cama y se tumba junto a mí sin tocarme.

No deja de observarme. Su mirada es dulce y parece que va abriéndose paso siguiendo las líneas de mi cuerpo. Se pone de lado y extiende la mano izquierda hacia mí.

Esta planea uno o dos centímetros sobre mi cuerpo, recorriéndolo de punta a cabo. Y su mirada acompaña a la mano en una doble caricia inmaterial.

Siento la mano que, sin tocarme, hace que se erice cada vello de mi piel.

El hombre observa mi boca entreabierta mientras su mano se posa en mi sexo como una hoja que cae al suelo después de dar vueltas y vueltas a cámara lenta en el aire.

Disimuladamente, separo los muslos, solo un poco, para sentir mejor la hoja caída del árbol...

Abro los ojos. «Bastien...».

Me despierto. Oigo la respiración de Nathan, que duerme a mi lado.

Tengo calor. El calor de un sueño prohibido.

Salgo a la terraza. La noche se vuelve azulada, como todas las noches de verano al llegar a su fin.

Pronto, el cielo se pondrá rojo al recibir el beso de los labios del día.

Yo me quedo con la noche, con mi sueño.

Le doy carta blanca a lo prohibido, pero solo en sueños.

Un sueño, un simple sueño de una noche de verano...

Bastien volvió un sábado por la mañana. En pleno día de mercado. La librería estaba de bote en bote. Nathan había venido a echarme una mano, como suele hacer los sábados en verano.

Cuando llegó Bastien, sentí como si mi cerebro estuviese a la vista y Nathan pudiese leer todos mis pensamientos. Pero no lo estaba. Nathan es un hombre honesto y sencillo que piensa que el mundo es honesto y sencillo también. Es un optimista nato, lo que resulta reconfortante tanto para él como para los que vivimos con él.

Le dejé a Nathan que se encargase de la caja y me alejé un poco para hablar con Bastien:

–Ha habido un problema. Me han devuelto su libro con una nota de «Desconocido».

Vi que Bastien se ponía lívido.

–¿Está segura de que lo envió a la dirección correcta?

–Segurísima.

Bastien parecía conmocionado. Se despidió de mí y se dio la vuelta, marchándose sin más explicación.

No sabía qué hacer.

No iba a salir corriendo detrás de él y dejar solo a Nathan sin decirle nada. Y, por otra parte, ¿qué explicación podía darle?

Así que me quedé quieta.

Durante todo el fin de semana, Nathan me notó ausente.

–¿Hay algo que te preocupa?

–No, nada; estoy bien.

–¿Segura? ¿No te encuentras bien?

–Te he dicho que sí.

Nathan se conformó con eso.

Unos días más tarde, un señor mayor, elegante, con el pelo blanco, entró en la librería.

Yo tenía que encargarme de dos clientes y vi que aquel hombre estaba esperando sin prestar atención a las estanterías.

Habían entrado más clientes después de él, así que cuando le tocó el turno me dirigí a él:

—Buenos días, señor. ¿En qué puedo ayudarle?

—Prefiero esperar a que tenga un momento de calma para hablar con usted. Puede atender a sus clientes.

—Pero igual me lleva un buen rato, suele haber mucha gente por las tardes. Si no le importa, venga a las siete. No tendrá que esperar, y, como es la hora de cierre, estaré tranquila.

—Muy bien. Iré a hacer tiempo a la terraza del restaurante Terroirs. Le ruego que disculpe mi comportamiento, que sin duda le resultará extraño y que la obliga a retrasar su marcha.

—Faltaría más, no me supone ningún problema.

El hombre era muy cortés. Tenía buen porte para su edad, pero sus rasgos mostraban cansancio: tenía ojeras, y en la piel de su rostro, muy seca, se le marcaba cada hueso que sobresalía.

Llevaba un traje de lino de color pajizo, una chalina y un sombrero Panamá que se había quitado al entrar en la librería.

Volvió a la hora acordada.

—He venido a verla porque necesito que me facilite una información; algo que no está obligada a hacer... Soy plenamente consciente de la singularidad de mi empresa.

—Soy toda oídos.

–Durante los últimos meses, he estado recibiendo en mi residencia libros que se enviaban desde su librería...

De repente, caí en la cuenta de que quien estaba ante mí era Yann Kermezen. Seguí prestándole atención, pero en realidad no necesitaba escuchar el resto. Solo con saber cómo se había puesto Bastien en su última visita, supuse que...

–... dada la naturaleza de los libros, no tardé en comprender que quien me los enviaba no podía ser otro que mi hijo. Un hijo al que no he visto desde hace casi cuarenta años.

–Pero ¿por qué? No, disculpe la pregunta...

Me sentía conmovida. Y también un poco apesadumbrada. He leído alguna vez historias en libros que cuentan el distanciamiento entre un padre y un hijo, el dolor que causa, y su reencuentro, a menudo demasiado tarde, si es que llega a producirse.

Hay hombres que portan hasta el fin de sus días los estigmas de su historia personal, un poco como los búnkers en las playas del desembarco de Normandía o los trozos del Muro de Berlín, que se han ido integrando en el paisaje cotidiano pero todavía muestran la violencia de los acontecimientos.

–No tiene por qué disculparse. He vuelto a repasar mi trayectoria muchas veces y he vivido día tras día con el peso de mis actos, hasta el momento en el que conseguí perdonarme y soltar un lastre que no solo me competía a mí. Hace cuarenta años, vivíamos en Uzès. En Lussan, para ser exacto. Vivíamos en una casa que pertenecía a la familia de Sandrine, la madre de Bastien. Yo dejé a Sandrine por otra mujer, una tanzana a la que había conocido cuando estaba haciendo un reportaje en

África. Bastien tenía trece años y su hermana, Mathilde, ocho. Bastien era un adolescente. Tuvo palabras muy duras conmigo. Se negó a hablarme, a verme. Al principio, entendí su reacción y acepté que había que darle tiempo al tiempo. Pero Sandrine se suicidó dos años después de nuestra separación. Cuando quise asistir a su funeral, Bastien se enfrentó a mí nada más verme, insultándome, haciéndome responsable en exclusiva de la muerte de su madre.

—¿Y Mathilde?

—Mathilde era pequeña. Nunca perdimos el contacto, hasta el punto de irse a vivir conmigo a Tanzania, donde creamos juntos una reserva natural y un *lodge*. Mathilde era mi vivo retrato.

—¿Por qué dice «era»?

—Porque ella también murió, hace diez años. En un accidente de coche con un camión en la carretera que va a Mombasa.

—¡Dios mío!

En silencio, por mis mejillas había empezado a correr un torrente de lágrimas. Podía imaginarme el dolor de aquel padre, pero también entendía la reacción de Bastien. Cuando llegó devuelto el libro de Le Clézio, creyó que su padre había muerto.

—No llore... No todo son tristezas, ya que, por medio de usted, he dado con un hijo al que creía que había perdido para siempre. Bastien nunca perdió el contacto con su hermana. Ella volvía a Francia cada año e iba a verlo a Lussan. Escribí a Bastien para que ella pudiese descansar en el panteón familiar de Les Elzéars, que es el nombre de la casa de Lussan. Somos protestantes, y, en esa zona, hay una arraigada tradición de enterrar a los muertos en tumbas situadas en el interior de las fincas.

Bastien aceptó a condición de que yo no asistiese al funeral. Debía de considerar que si yo no hubiese vivido en Tanzania, su hermana no habría fallecido. Así que mi objetivo es volver a ver a mi hijo. A mi edad, uno no sigue adelante porque le interese sino por los demás, ¿sabe? Y cuando no se tiene a nadie..., solo queda coger el último tren y no mirar atrás. Yo había elegido terminar mis días en ese valle de los Alpes, que es el lugar más bonito que conozco. La Casa de la Clarée está situada al pie del torrente que lleva el mismo nombre. Desde mi ventana, podía oír el agua del arroyo cayendo con fuerza. Me diagnosticaron un cáncer, que debería haberme mandado a la tumba hace ya meses. Luego, empezaron a llegar los libros. Cada uno hablaba de la vida, de la intensidad de la vida, de su belleza, también. Los libros me devolvieron la energía que había perdido, mucho más que el cóctel revitalizante y farmacológico que me habían prescrito los médicos. Al pasar el invierno, me marqué un único objetivo: venir aquí y reencontrarme con Bastien. Conseguí que un taxista me ayudase a cruzar Francia. ¡Probablemente, la carrera más hermosa de toda mi vida! Contaba con encontrar a Bastien en Les Elzéars, pero la casa pertenece ahora a unos holandeses. Y ese es el motivo de que haya venido a verla. Usted sabe dónde vive, ¿verdad?

Me sentía hundida. Le había hecho tan pocas preguntas a Bastien que no tenía ni la más remota idea de dónde vivía.

—Lo siento muchísimo, créame, pero no lo sé. De todas formas, daremos con él. Uzès no es tan grande. ¿Dónde se hospeda?

—No lo sé todavía. Reservaré una habitación en un hotel.

–Bueno, en ese caso, se quedará con nosotros.

–Bajo ningún concepto. ¡No se trata de eso!

–Mientras no encontremos a Bastien, se quedará con nosotros. Y no es que le esté invitando, ¡es que no acepto un no por respuesta!

El anciano sonreía.

Nathan no volvería de viaje hasta el viernes. Lo llamé para contarle lo que pasaba.

–¿Cómo es que nunca me habías hablado de ese tal Bastien?

–Pues porque no es el único que hace envíos a través de Postbook, ya ves.

–De todas formas, su historia es realmente conmovedora. Hay que encontrar a toda costa al hijo de ese hombre.

–Gracias, Nathan. Gracias, gracias...

Lo que más me emociona de Nathan es y será siempre su bondad. Sus amigos saben bien que es una persona con la que siempre se puede contar. Por sistema, es el que llama a quienes no están en un buen momento e invita a los que se sienten solos a que vengan a pasar unos días de vacaciones en casa. Hasta tiene buena relación con los arquitectos jóvenes que contrata, y, a veces, en verano vienen a visitarnos para presentarnos a sus parejas e hijos.

Instalé a Yann Kermezen en la habitación que tiene acceso directo al jardín.

Hicimos juntos cada comida hasta que volvió Nathan.

Era un hombre realmente encantador. Hablamos mucho de sus viajes, así como de libros.

Había trabajado como fotógrafo en exclusiva de la revista *Terre Sauvage* para la región austral del continente y sentía un profundo amor por África. Botsuana, Namibia, Kenia... Había pasado largas temporadas en aquellos países, al aire libre, a menudo con la única compañía de un rastreador que le ayudaba a plantar una tienda de campaña para la noche y al alba se ponía en marcha de nuevo para seguirles la pista a grandes felinos o elefantes y fotografiar así las mejores escenas con la luz más hermosa.

Le confesé que todos los libros que había recibido formaban también parte de mi biblioteca y que me había sorprendido ver hasta qué punto su hijo y yo compartíamos gustos. No sé si notó que mi azoramiento respecto a Bastien no era solo de orden literario sino también afectivo.

Estoy convencida de que, si crease un Meetic de libros, podría ser un serio competidor para esa célebre plataforma de Internet. Cada uno tendría simplemente que indicar los veinte últimos libros que hubiese leído, sus diez favoritos, junto con los que no le hubiesen gustado, y se le irían sugiriendo posibles emparejamientos a los usuarios. Claro está que solo funcionaría con gente lectora.

Me he fijado muchas veces en que cuando conversamos con un amigo o una amiga y, de repente, descubrimos que nos ha gustado el mismo libro, la charla gana sin más ni más un plus de intensidad. Es como si hubiésemos realizado juntos una expedición a la otra punta del globo.

Cuando quedamos para cenar por primera vez con unos desconocidos e intento sacar un tema de conversación por pura cortesía, suelo preguntarles a los comensales cuáles han sido sus últimas lecturas. De esa manera, se crean grupos de dos o tres lectores de un mismo libro y la cena se sale del terreno de las trivialidades.

Cuando vuelvo a coincidir con alguien que sé que comparte mi pasión por algún libro, le pregunto emocionadísima cuál ha sido su último flechazo literario. Y así, o disfrutamos de nuevo de una conversación animada y apasionante, ya que a ambos nos habrá gustado, o me deja con ganas de leerlo yo también.

Yann me pidió que le describiese a su hijo y, cuando sacó de su billetera una antigua foto suya, me impresionó el gran parecido que guardaban los dos hombres cuando tenían la misma edad. Vi también una foto de Mathilde, una hermosa joven en la que también se podían apreciar los rasgos paternos.

Compartimos nuestros recuerdos de la Bretaña. Los Kermezen eran originarios de las Costas de Armor, de la zona de Tréguier. Yann había nacido allí, pero sus padres se habían mudado enseguida a París y no habían seguido alimentando sus raíces bretonas. De todas formas, conocía Crozon, pero sostenía que la costa de granito rosa era algo mágico, con sus peñascos que parecían haber sido colocados allí por gigantes... En resumidas cuentas, una auténtica conversación entre dos franceses convencidos de que la región de cada uno era la más bonita.

Los peñascos de Trégor me recuerdan a los de Aubrac. En ambos casos, uno tiene la impresión de que fue un gigante, calzado con sus botas de siete leguas, quien fue dejando caer bloques de granito a modo de hitos con los que marcar su camino.

A decir verdad, todos los franceses tienen razón: ¡nuestras regiones son las más hermosas del mundo!

Al sábado siguiente, fue Nathan quien se encontró con Bastien mientras hacía cola en el pescadero de la Place aux Herbes.

Nathan se encargaba de hacer la compra en el mercado mientras yo estaba en la librería, en la que Yann Kermezen había querido pasar la mañana haciéndome compañía sentado en una sillita al lado de la caja.

No le hizo falta más que la foto que tenía su padre para reconocerlo.

–Perdone, señor, soy el marido de Nathalie, la librera. ¿Le importaría acompañarme a la librería?

–Eh... No. ¿Pasa algo?

–No, pero es un poco complicado de explicar delante de Clément y su pescado...

Nathan se lo había dicho sonriendo. Bastien se sentía intrigado y lo siguió.

Al entrar en la librería, no vio a su padre y su mirada se dirigió, obviamente, hacia mí. Yo estaba de pie delante de la caja y tapaba en parte al anciano. Así que di un paso atrás al tiempo que le ponía una mano en el hombro a Yann.

El padre reconoció de inmediato a su hijo y se echó a llorar.

Fue entonces cuando Bastien entendió lo que sucedía.

Se quedó inmóvil mirando fijamente a aquel al que se había negado a ver durante tanto tiempo, pero al que, con todo, le había hecho llegar muestras de cariño al enterarse de que no tardaría en dejar este mundo.

Más tarde, Bastien me explicó que había sido el notario de la familia el que le había revelado que su padre había regresado a Francia para acabar sus días en una residencia medicalizada.

Me resultaba imposible imaginar lo que le pasaría por la cabeza a Bastien.

Nathan y yo observábamos a los dos hombres.

El padre quiso ponerse en pie para ir hacia su hijo, pero le fallaron las fuerzas.

Bastien se acercó, le ofreció la mano a modo de apoyo y lo estrechó entre sus brazos.

Nathan se acercó a mí:

–¿Tienes un pañuelo?

Ambos estábamos muy emocionados ante aquella escena de reconciliación.

–¡Sea como sea, es genial todo lo que pasa en tu librería!

–Sí, es genial...

Dejamos que el padre y el hijo hablasen por fin e intentasen ponerse al día después de tantos años separados y nos fuimos a comer juntos, un poco cohibidos por la emoción. Pero la alegría no tardó en imponerse.

A partir de la primavera, Nathan se levanta siempre antes que yo. Los pájaros se encargan de despertarlo.

Cuando yo hago lo propio, ya ha puesto la mesa para el desayuno y está calentando el agua para el té. Se ha tomado un café, pero me espera para empezar a comer.

A ambos nos gusta ese momento.

Nathan pone a tostar el pan, sea o no fresco. Aún somos de una generación a la que no se le ocurriría tirar un trozo de pan porque se haya puesto un poco duro.

La mañana supone un comienzo. Y cada día nos ofrece uno. La mañana es como un cielo después de una buena lluvia de verano. Le lava al cielo el velo de calor que envolvía el horizonte en neblina y hacía menos nítidos los colores. La mañana no es nunca momento para la nostalgia o los remordimientos, sino para los anhelos y los proyectos.

A menudo, Nathan y yo tomamos tanto las pequeñas como las grandes decisiones a la hora del desayuno.

Pero aquella mañana, el desayuno no estaba preparado y Nathan estaba leyendo en una butaca del patio.

En condiciones normales, me lo encuentro en su despacho, trabajando en sus planos o preparando la semana que tiene por delante.

¡Nathan estaba leyendo una novela!

Toda una novedad, teniendo en cuenta que solo lee ensayos.

Nathan levanta la cabeza y me sonríe enseñándome la cubierta del libro: *La Vía Real*, de André Malraux.

—El primer libro que me regaló mi padre. Yo tenía catorce años. Nunca lo leí... Mira lo que había escrito dentro.

—«Para mi hijo querido, que ha crecido tanto que ya no me atrevo a abrazarlo. Papá». Es una bonita dedicatoria —dije yo.

—Sí, he echado en falta muestras de cariño por parte de mi padre. Es cierto que yo no abrazo a Guillaume, y aún recuerdo el día en que pensé que era demasiado mayor para andarme con mimos con él. Sin embargo, la ternura es una pequeña clave para la felicidad en el día a día. Cuando me acaricias el pelo o nos damos la mano al caminar, se trata de gestos sencillos pero que endulzan la vida.

—Tienes razón... Es como cuando preparas el desayuno para los dos.

Lo dije con una sonrisa y me senté en el regazo de Nathan.

—Darle un abrazo a tu hijo o escribirle una nota cariñosa depende únicamente de ti. Además, ¡mañana es el día de su santo!

—Eres tú la que le escribe en esas fechas... Ya sabes que yo no soy muy de santos...

—De todas formas, no hay nada que te obligue a ser con tu hijo como lo fue tu padre contigo.

—Ya. Le voy a mandar un libro. A lo mejor, este, en cuanto lo haya terminado.

—Sería un detalle bonito. Los libros pueden ser también como un relevo que nos damos.

—¡Pues yo voy a preparar el desayuno! ¡En un solo día, ya tenemos dos novedades en nuestra vida!

Tarik

Hermanos de libros

Hay quien afirma que nuestra generación ha tenido la suerte de no saber lo que es una guerra.

Una opinión que sostienen a menudo nuestros padres, que vivieron directa o indirectamente las atrocidades de la que tuvo lugar entre 1939 y 1945.

Mi padre perdió a dos hermanos al principio de la guerra. A él lo mandaron a Argelia; a su hermano mayor, a Indochina. Ambos pudieron regresar, pero conservan grabado a fuego en su memoria el trauma de aquel periodo. Mi padre tardó mucho tiempo en ser capaz de relatarnos esa temporada suya en Argelia. No consiguió, por cierto, hablarnos de ella, así que tuvo que recurrir a la escritura para explayarse sobre el episodio argelino, y lo hizo en una libreta –con todo, bastante breve– en la que consignó los grandes acontecimientos de su vida. En sus memorias, dedica poco espacio a expresar abiertamente sus sentimientos. Se trata más bien de una sucesión de hechos.

Supongo que la noción de «desarrollo personal» nació en realidad con los hijos de Mayo del 68. Para nuestros padres –probablemente por consideración hacia el sufrimiento vivido por sus propios padres durante la guerra–, triunfar en la vida consistía, de un modo muy simple, en fundar una familia, disponer de los medios materiales para vivir, irse de vacaciones y tener suficiente sustento para no pasar nunca hambre.

Hoy en día, la dimensión material ha pasado a un segundo plano. La cuestión alimentaria no se plantea ya en dichos términos en un país occidental, donde la clave reside en comer «bien» y no tanto en estar suficientemente alimentado; además, son muchas las personas que se han desprendido de la idea de familia, que ya no está considerada como una condición imprescindible para el éxito.

El desarrollo personal causa furor, a veces, en detrimento del colectivo. Yo soy partidaria de encontrar el equilibrio adecuado entre el tratamiento de la alteridad y la autorrealización.

Papá nunca supo realmente expresar con palabras sus sentimientos. Lo único que contaba eran los hechos y no el impacto emocional que estos tenían.

De sus conflictos interiores, de las tristezas que pudo vivir a la muerte de sus hermanos, nunca supimos nada.

Actualmente –psicología mediante–, hemos ido a parar al extremo contrario. Desmenuzamos, analizamos, psicoanalizamos cada percepción; y no solo de lo que vivimos, sino también de lo que soñamos, de lo que comemos. Todo es materia de disección psicológica.

En esa voluntad de explicarlo todo, de entenderlo todo hay algo potencialmente peligroso.

El cáncer de mi vecina tendría que ver con el hecho de que aguantó lo indecible antes de compartir su padecimiento con un marido un tanto tiránico; el problema de espalda del farmacéutico, con la presión que le suponen los impuestos; y el acné de Élise, ¡con la complicada relación que tiene conmigo!

Querer comprenderlo todo denota un deseo de controlarlo todo, una angustia por lo desconocido, una voluntad de poder que deja muy poco espacio para la dimensión espiritual, el misterio, lo que pasa porque sí...

Los marroquíes utilizan la palabra «*mektoub*» para referirse al destino. Es algo que se escribe más allá de nosotros y para lo cual debemos aceptar ser la tinta y no la pluma...

Eso no significa que estemos exentos de toda responsabilidad, sino que quedamos libres de la exigencia de triunfar en la vida siguiendo una plantilla de criterios impuestos de manera idéntica para todos.

Aceptar que hay una parte de mi vida que escapa a mi control es tan importante como saber llevar mis deseos a la práctica para conseguir lo que realmente quiero. Y a veces es muy tranquilizador poder decir simplemente: «*Mektoub*, es el destino. Déjate llevar un poco...».

No sé qué tipo de guerras tenemos en la actualidad, pero no cabe duda de que también estamos criando a nuestros hijos en un mundo violento. Soy consciente de que mi vida ha sido más fácil que la suya.

Estos jóvenes han aprendido a amar con el sida, han estudiado sin saber si sus años de formación les permitirán conseguir un trabajo, han tenido hijos bajo la amenaza climática a nivel planetario.

Nathan y yo tratamos de que la casa de Uzès sea un lugar apacible, un paréntesis que les permita a los nuestros descansar la espalda antes de volver a marcharse con la certeza de que siempre estaremos ahí en caso de que vengan mal dadas.

Procuro cribar las malas noticias. Evito machacar a Élise con las posibilidades de padecer cáncer de pecho y a Guillaume con las conductas de riesgo; y a ambos, con el problema del alcohol entre los jóvenes. Sé que están al corriente de todo ello, hiperinformados, y que las redes sociales son la fuente más rápida para las malas noticias en el mundo, no tanto para las buenas...

En cuestión de horas, se despliegan ante sus ojos el padre que llora la desaparición de la familia al completo entre las olas de un tsunami, el niño sin brazos y con los ojos en blanco tras el disparo de un obús en Siria, los refugiados somalíes cuya barca ha volcado a la altura de Lampedusa...

A veces, tengo miedo. Y entiendo a quienes deciden dejarlo todo y marcharse al lugar más recóndito de Canadá, a la sabana africana o a una de las Islas Marquesas.

Supongo que las madres son más sensibles que los padres a estas cuestiones. Ellos todavía conservan la memoria genética de los cazadores recolectores, preparados para luchar o procurarles alimentos a los suyos. Nosotras somos las encargadas de la crianza, las que reciben la primera mirada del niño recién nacido y apenas recuperado de la primera inspiración, las que temen ser las receptoras en vida de su última exhalación.

Élise podrá mirar a su bebé y decirle: «Bienvenido, cariño mío; ten confianza: ¡la vida es bella y te espera con los brazos abiertos!».

Ojalá sea así. Yo hago lo posible por que así sea.

Trato de hacerles entender que uno puede estar contento con su propia vida, llevar a cabo proyectos y alcanzar su pleno desarrollo rodeado de sus seres queridos sin tener que sentirse culpable por quienes viven con mayores dificultades. La dicha de unos no agrava la situación de los que sufren. Sin embargo, soy de la opinión de que es importante vivir siendo conscientes de la fortuna que suponen nuestras alegrías y todos los futuros posibles que tenemos ante nosotros; habida cuenta de que para otros no hay más camino que uno y, a veces, han de recorrerlo descalzos, con una esperanza de vida muy condicionada por la incidencia de enfermedades, hambrunas o guerras que son el pan de cada día en sus países.

En cualquier caso, sé que la expresión «venir al mundo» no tendrá para ellos el mismo sentido. Nuestros hijos son «ciudadanos del mundo». El mundo desfila por sus pantallas, el programa Erasmus les invita a saltarse las fronteras, sus amigos son americanos, chinos o suecos. Y quizás gracias a ello la tierra no pierde la esperanza de que la juventud mundial provoque una rebelión de las conciencias, un levantamiento alimentado por el deseo de vivir y no de sobrevivir.

Seguro que la madre de Tarik miró a su hijo loca de amor y de ternura.

¿En qué momento se torció él? ¿Fue ella quien lo torció? Puede que muriese de forma prematura y dejase al niño huérfano a merced del destino, dispuesto a saltar sobre una mina mientras conduce un *jeep* en Afganistán.

Tarik es un soldado francés de la Legión Extranjera. La Legión es un cuerpo peculiar del ejército, ya que recluta hombres que se alistan sabiendo que, al entrar en el cuartel, dejan atrás su pasado.

Tarik pertenece al regimiento de ingenieros, con base en Laudun, a unos veinte kilómetros de Uzès.

No estaba predestinada a conocerlo, de no ser porque una librería conduce a todas partes, incluida la cabecera de un soldado.

Fue Camille, la responsable del centro de rehabilitación de Uzès, quien me hizo llegar la petición:

–Nathalie, vengo porque tengo que pedirte algo un poco raro. Acabamos de recibir a un joven legionario que no tiene ni veinte años y que nos mandan desde el Val-de-Grâce, el hospital militar de París. Ha vuelto de Afganistán, donde el *jeep* en el que iba pisó una mina y saltó por los aires. Dos de sus compañeros murieron y él resultó herido en los ojos. No sabemos si recuperará la visión. Acaban de someterlo a una primera operación, y hay prevista otra para dentro de dos meses. La particularidad de Tarik es que no reacciona a nada. No responde cuando se le habla, no da la impresión de que sienta nada cuando le tocan. Y no ha dicho ni una palabra desde el accidente. Los médicos lo han sometido a todas las pruebas neurológicas posibles y han sido concluyentes: no hay ninguna lesión cerebral ni nerviosa.

–La historia que me cuentas es terrible, pero ¿qué pinto yo en ella?

–Hemos pensado en ti por los libros.

–Mmm... Pero ¿no me has dicho que se ha quedado ciego?

–Precisamente, a la psicóloga que lo trata le gustaría que no dejemos de dirigirnos a él, que hagamos como si nos escuchase y nos entendiese. La única pega es que nosotros hablamos de lo cotidiano, y ella cree que habría que lograr llevar a Tarik a un universo alternativo. Es posible que ya no quiera volver a nuestro mundo porque le da demasiado miedo, pero que acceda a introducirse en otro imaginario. Y queremos saber si podrías escoger unos libros para Tarik y ser su lectora. En la medida de lo posible, intentaremos tomarte el relevo, pero vamos un poco cortos de personal. ¿Entiendes?

No sabía qué responder. De golpe, aterrizaba en aquel universo protegido que era el mío, en aquel pueblecito al margen del tiempo en el que todo parecía armonía una imagen de Afganistán sacada del telediario de la noche.

–No lo sé, Camille. De verdad que no lo sé. Es mucho lo que me pides. ¿Tarik no tiene familia?

–Puede que en Croacia, pero ya sabes cómo son los legionarios: si están en la Legión es que han destruido los puentes con su gente.

–Voy a pensármelo y a hablar con Nathan.

Para tener una conversación delicada, es recomendable escoger el lugar, el momento y la manera adecuados...

Esperé al fin de semana y abordé a Nathan mientras nos tomábamos el desayuno dominical. Le conté toda la historia y la petición que me habían hecho.

–No sé si seré capaz de hacerlo, si soy lo suficientemente firme. ¡Tiene la edad de Guillaume! ¿Te das cuenta?

–Pero no se trata de Guillaume... ¡Vaya estupidez, el ejército!

No había nadie más antimilitarista que Nathan. Había hecho el servicio militar en una época en la que todavía era obligatorio, y consideraba que aquel había sido el peor año de su vida. Se le había hecho insoportable el tener que obedecer órdenes de suboficiales con el cociente intelectual de un zapato que se aprovechaban de la situación para humillar a los intelectuales que habían caído en las redes del ejército.

–El tema no es ese, Nathan. Tú mismo aplaudiste cuando Bernard Kouchner se sacó de la manga el derecho a

171

la injerencia para socorrer a los pueblos oprimidos en sus propios países. Y eso exige que haya soldados que se comprometan con dicha misión.

–Sí, pero no es el caso de Afganistán. ¡No pintamos nada en esa guerra!

–Vamos a ver, Nathan: dejemos esta discusión. Solo quería comentártelo. No sé qué contestar. Pero ahora que sé que ese chico está aquí, a unas calles de nosotros... Ha irrumpido en mi vida y no creo que pueda quedarme al margen, oculta tras nuestras bonitas cortinas de lino.

–Perdóname por ponerme furioso, pero ya sabes que...

–Sí, ya sé: el ejército y tú no hacéis buenas migas.

–Venga, prueba a ver. Pero si te resulta muy duro, lo dejas.

Camille entró antes que yo en la habitación de Tarik.

–Buenos días, Tarik. Le presento a Nathalie, que tiene una librería en la Place aux Herbes. Ha aceptado venir a leerle. Espero que lo disfrute... –Luego, se giró hacia mí–: Te dejo con Tarik. Gracias otra vez, Nathalie.

Me quedé a solas en aquella habitación con aquel soldado inmóvil. Tenía los ojos vendados y los brazos estirados sobre la sábana que lo cubría. Un gran tatuaje se extendía desde su hombro derecho hasta la mano. Representaba una serpiente enrollada alrededor de una cruz. El chico llevaba el pecho depilado y el pelo al cero. Tenía un rostro delicado. Sus labios, ligeramente separados, eran oscuros y parecían perfilados. Yo tenía un nudo en la garganta, como si me dispusiese a leer ante una asamblea de espectadores exigentes.

Abrí el libro y empecé a leer:

–«Kent Jingfors, biólogo sueco especializado en el estudio del buey almizclero, acampó un día en la cuenca del río Sadlerochit, en Alaska, en pleno invierno, para intentar descubrir cómo eran capaces de sobrevivir en dicho entorno los bueyes almizcleros...».

Había decidido ir una hora al día rondando el mediodía.

Al cabo de tres días, cuando llevaba unos dos tercios de *Invierno*, el libro de Rick Bass que había elegido para transportar a Tarik bien lejos de todo lo que había podido conocer, me percaté de que la falta de reacción por su parte me hacía sentir como si estuviese leyendo en voz alta en una habitación vacía.

Necesitaba leerle a alguien. Pero ¿cómo se puede leerle a alguien sin conocerlo de nada?

–Mira, Tarik, hay algo que me preocupa. Una de dos: o no oyes nada, cosa que no tiene importancia, o sí oyes todo lo que te digo pero por un oído te entra y por otro te sale. Espero que esta historia te guste y que, si no es así, me lances un buen grito. En todo caso, sé que a Guillaume le gustaría. Guillaume es mi hijo. Así que voy a seguir leyendo como si lo hiciese para ambos. ¿Te parece bien?

Por un instante, creí que sus labios habían esbozado una sonrisa, pero creo que fue solo un espejismo.

–«El invierno esconde algunas cosas y pone a la vista otras. Admiro a las comadrejas, los conejos y demás criaturas salvajes, capaces de cambiar con las estaciones, transformándose de la noche a la mañana... o casi. He tardado mucho en dar yo ese cambio, treinta años, pero ahora que he terminado mi metamorfosis, no tengo ningunas ganas de recuperar mi forma inicial. No tengo intención de marcharme de este valle».

»Bueno, chicos, se ha acabado el libro. El valle de Yaak está en Montana. Siempre me he dicho que un día lo visitaría. Y, al final, los años van pasando... ¡Lo genial sería que fuésemos juntos!

Desde los albores de la literatura, la evocación de la naturaleza ha sido tratada con profusión por escritores que sabían transformar las páginas de un libro en una pradera bañada en rocío o darles el aroma de un sotobosque lleno de musgo. Pero, poco a poco, a finales del siglo pasado, la naturaleza fue convirtiéndose para los escritores europeos en un simple decorado para sus historias humanas.

Es como si el éxodo rural, al cortar el nexo entre la gente y el campo, la hubiese vuelto menos sensible, menos competente a la hora de hacer de la naturaleza un auténtico personaje dentro de sus relatos.

Paradójicamente, la sociedad norteamericana –abanderada de la urbanización– ha continuado siendo prolija en discursos sobre la naturaleza. Hasta tal punto que aquí tenemos editoriales que se han especializado en descubrirnos a autores del otro lado del Atlántico, entre los cuales está Rick Bass.

En Francia hay, sin embargo, una editorial –muy respetable y antigua, que editó a André Breton, a René Char, a Julien Gracq y a tantos otros– que, impulsada por los sucesores de su fundador, José Corti, se ha lanzado a crear una colección de libros dedicados a la naturaleza. Con qué alegría devoré *Lobo, el rey de Currumpaw*, el último librito que han traducido de un naturalista norteamericano, Ernest Thompson Seton. Es único retratando con sensibilidad y mucho humor a animales a los que ha observado en su estado natural, lo que pone sus relatos a la altura de las más hermosas lecciones de ciencias naturales sin dejar por ello de ser un tesoro literario.

Seton me hizo mirar con otros ojos a las liebres, a los zorros y a otros animales del bosque con los que me cruzo en mis paseos por los alrededores de la casa. Me gustaría ser capaz de observar el mundo a pequeña escala que me rodea, aprender a mirar y no simplemente a ver, encontrar un enfoque que me permita una verdadera interacción con la naturaleza y no limitarme a ser una mera espectadora.

Nuestra mirada nos pone en contacto con los objetos, los lugares y los paisajes. Transforma la energía de nuestro interior, y de todas las cosas, estimulando una relación activa e interdependiente que nos ubica plenamente en el universo en cuanto tomamos conciencia de ella.

Salí del centro de convalecencia pensando en aquellos que van a visitar así a un familiar en coma, a una madre que sufre alzhéimer o a un niño que ha nacido con una malformación neurológica. Hay que saber dar, simplemente dar, seguir dando. Sin nada que se asemeje a una palabra de agradecimiento. Solo por amor. Por el amor compartido o por el que uno quisiera compartir con quien vive en el otro lado del mundo.

En realidad, existen muchos mundos más allá del nuestro y no hace falta un cohete para descubrirlos. Están ahí al lado.

A la semana siguiente, empecé *El primero de la cuerda*, de Roger Frison-Roche.

Era un nuevo universo, el de la montaña. Una historia hermosa y fuerte, de hombres viriles que intentan superarse, pero aprenden que solo se puede escalar una montaña con humildad y que, a veces, la victoria está en renunciar. Una victoria sobre la muerte, que puede cebarse con quien haya continuado por orgullo... o inconsciencia.

Aquel libro había sido el primer «auténtico libro de mayores» que había leído Guillaume. Aún lo incluye entre sus libros favoritos.

¿Habría oído hablar Tarik de Frison-Roche?

Miré al joven soldado. Me puse a pensar en las dos únicas imágenes de un soldado que tenía en mente: en combate, aullando y sudando, o herido, al borde de la muerte y esperando a que un compañero le cierre los párpados. Mi cerebro no se había quedado más que con esas dos opciones sacadas, probablemente, de películas bélicas.

Aquella noche, al acostarme, me costó dormirme. Intentaba imaginarme a la madre de Tarik. ¿Había tenido más hijos? ¿Qué pasa con una madre que pierde a un hijo? ¿Siente acaso su presencia, de la misma manera que los amputados siguen notando el miembro ausente?

Me asaltaban ideas muy sombrías. Era consciente de que hacerle compañía a Tarik suponía una prueba única, como si tuviese que pagar un tributo en calidad de madre en este mundo por solidaridad con todas aquellas que ven partir a la guerra a sus hijos.

Yo había invertido mucho en la educación de los míos. Y creía que los habíamos educado de forma similar, más allá de que una sea una chica y el otro, un chico. «El rey tiene donde elegir», que decían antiguamente.

En realidad, cada niño tiene su propio destino y su personalidad, que no depende en demasía de lo que tratemos de inculcarle. Es libre de tomarlo o de rechazarlo, y a veces cuesta comprender por qué sentimos que estamos fallando con uno allí donde nos fue bien con otro.

Ser padres es una gran escuela de humildad, en la que deberíamos seguir a pies juntillas la célebre frase del poeta Khalil Gibran: «Vuestros hijos no son vuestros hijos. Son los hijos y las hijas de la Vida llamándose a sí misma».

Cuando admitimos que «tener éxito» al educar a un niño implica sobre todo permitirle que escoja libremente su propio camino para ser feliz, es que hemos superado un paso crítico que contribuirá a poner cada cosa en un sitio.

Con Guillaume y Élise, hoy por hoy tengo relaciones casi diametralmente opuestas. A las atenciones de mi hijo para conmigo y sus delicados detalles, Élise responde lanzándome pullas constantemente y sin perder ocasión de adoptar una especie de superioridad moral, como si estuviese de vuelta de todo en la vida. Eso, a sus veinte añitos, me resulta realmente horripilante.

Dicen que los hijos sienten la necesidad de matar simbólicamente a su padre y las hijas, de competir con su madre. Y a mí me parece bastante injusto que Nathan no tenga quebraderos de cabeza por su hijo, mientras que mi relación con Élise es una bomba de relojería.

Con frecuencia, Nathan se ve obligado a recordarme que yo soy la adulta y que debo dejar de buscarle las cosquillas como si fuese una compañera de clase.

Sé muy bien que un día todo eso cambiará, pero, mientras tanto, para mí es una verdadera tortura. Aunque también es cierto que mi historia debe de ser insignificante en comparación con la de la madre de Tarik...

Acabé quedándome dormida después de lograr perfilar los rasgos de una mujer de labios marcados como los de su hijo, piel morena y una mirada dulce y triste como las que podemos ver en los reportajes que nos muestran los rostros femeninos en las zonas de conflicto.

Pensando en su madre, se me ocurrió mi tercer libro para Tarik: *El castillo de mi madre*, de Marcel Pagnol.

–Buenos días, Tarik. Hola, Guillaume. Hoy, vamos a cambiar completamente de ambiente. Cuando Pagnol escribió este libro, dijo que lo había hecho para enseñarles a las nietas cuánto las querrían sus hijos algún día. Me gustaría leeros *El castillo de mi madre* pensando en la mamá de Tarik, que puede que espere el amor de su hijo allá donde esté.

Al final del libro, cuando Pagnol cuenta cómo el pequeño Paul se agarraba fuerte a la mano de su padre durante el cortejo fúnebre de su madre, vi humedecerse el vendaje blanco que rodeaba los ojos de Tarik.

Tarik estaba llorando. Sus labios se separaron...

–Se llamaba Naïma..., mi madre...

No dije nada. Me limité a cogerle la mano, igual que una madre le cogería la mano a su hijo enfermo.

Cuando salí de la habitación, avisé a Camille: Tarik había vuelto. Escuchaba, podía hablar. Estaba vivo.

Al día siguiente, había decidido acercarme a Arlés, a la sede de Actes Sud. La editorial abría sus puertas a las librerías para presentarles las novedades que entrarían en el catálogo de la *rentrée*.

Arlés está a una hora de Uzès.

No soy dada a aceptar invitaciones de editores, pero siempre estoy dispuesta a recibir a sus comerciales, que son los que me ayudan a hacerme una idea del catálogo de novedades.

Pero, en este caso, era diferente. En Arlés tenía a Élise... y me apetecía ver a mi hija.

–¿Diga?

–Élise, soy Nathalie.

–¿Nathalie?

–¡Sí, tu madre!

–Pero, mamá, ¿por qué te presentas con tu nombre?

–No sé... ¿Te cojo en mal momento?

–No... Bueno... Un poco, ¡estoy en un *shooting*!

–Ah, perdona.

–Vale, ¿qué querías?

–Voy a Arlés mañana. A Actes Sud. ¿Comemos juntas?

–Mmm... No sé. Tengo muchas cosas que hacer mañana. Lo pienso y te mando un mensaje.

–De acuerdo. Un beso.

–Vale. Otro para ti.

–¿Élise?

–Sí...

–Me gustaría mucho que mañana...

–Ya, ya, me ha quedado claro. Te digo algo.

Me quedé con el teléfono en la mano, mirándolo como si fuese la lámpara de Aladino y Élise hubiese podido salir de él.

Solo que no salió nada.

Nathan no estaba en casa esa noche. Tampoco tenía el teléfono con él.

Me acosté sintiéndome un poco sola, sin que en mi teléfono vibrase ningún mensaje.

A la mañana siguiente, me encontré con un mensaje de Élise: «Dime por dónde andas a mediodía. A ver si puedo quedar contigo».

Me sentía decepcionada y un poco ofendida por aquella falta de entusiasmo. No le respondí.

Actes Sud está en los muelles del Ródano, en el barrio Le Méján en Arlés.

Los editores han ido haciéndose con distintos edificios unidos entre sí por terrazas, pasos estrechos o por tramos de escaleras que permiten acceder de un nivel a otro entre diferentes bloques.

La editorial es también propietaria de una antigua capilla, que acoge exposiciones allí donde antes se almacenaban los fardos de lana de oveja de la Camarga.

En la planta baja del edificio principal hay una bonita librería en la que se expone la totalidad de la producción de Actes Sud, pero también otros muchos libros de distintas editoriales.

Al entrar allí, me sentí como una niña en una fábrica de caramelos.

Nos encontramos a veces con gente que sentimos que nos entiende antes incluso de que nos entendamos nosotros mismos. Como si se produjese una conexión en la que las palabras están de más.

Esa fue la sensación que tuve en aquella librería. Nunca había puesto un pie en ella, pero, de manera intuitiva, sabía perfectamente dónde estaba y en manos de quién.

Capté la planificación que había inspirado la disposición de las estanterías, y sería capaz de decir con los ojos cerrados qué autor estaría junto a aquel otro en las mesas, quiénes tendrían un caballete reservado, a quién no encontraría nunca allí.

Me hallaba en un lugar ajeno, pero me sentía literalmente como en casa.

Estaba entretenida entre las estanterías cuando vi llegar a Élise, que venía con una gran carpeta de dibujo bajo el brazo.

–Buenos días, mamá. Lo siento, pero solo he pasado a saludar.

–Ah... Qué pena, porque quería proponerte...

–Sí, ya sé. Pero es que no puedo, en serio. De todas formas, te he traído algo. Es para ti.

Élise me tendió su carpeta de dibujo. Me sentía un poco decepcionada. Me habría gustado tener tiempo para comer, pero ella había hecho otros planes. Y yo no tenía nada concreto que decirle, aun teniendo muchas cosas que contarle. Me habría gustado hablarle de Tarik, pero también de Leïla, de Jacques y de todo lo que yo sentía al pensar en ella. Otra vez sería.

Debía aceptar el tiempo que me concedía, dejarlo estar, no buscar en mi comportamiento un posible motivo –nada de culpables–, soltar lastre, dejarla venir, dejarla volver a mí...

Élise me dio un beso y me dejó allí con aquella carpetaza.

Salí de la librería y la abrí.

El título de la obra era *Mi madre, al estilo Vik Muniz.*

Era un retrato mío, pero un retrato hecho pegando diferentes trozos de papel rasgado. En cada trozo, reconocía cachitos de portadas de libros.

Era evidente que Élise había echado mano de varios catálogos de editoriales para conseguir aquel acabado en el retrato.

Había en su gesto, y en la manera de dejarme plantada con tan precioso regalo, una especie de pudor temeroso de mostrar sus sentimientos y, al mismo tiempo, prefería evitar la torpeza de una conversación para la que no estaba preparada.

Vik Muniz es un artista que descubrí en el documental *Waste Land*, en el que cuenta cómo el fotógrafo trabajó con los clasificadores del mayor vertedero a cielo abierto de Brasil para componer unas fotos sublimes, realizadas única y exclusivamente juntando desechos del basurero.

Me marché de Arlés con el corazón contento, convencida de que llegaría un día en el que podría volver a abrazar a mi hija sin tener que morderme la lengua o reprimir mis gestos.

Volví a ver a Tarik al día siguiente por la mañana. Antes, había pasado por el mercado.

–Buenos días, Tarik.

–Buenos días, Nathalie. Ha traído flores. Puedo oler las rosas.

–Sí. Flores y fruta. Para que entre la alegría en esta habitación.

–Gracias, gracias por todo.

–¿Cómo te encuentras?

–No sé lo que ha pasado. Desde ayer, van aflorando recuerdos. Me acuerdo de la pista por la que íbamos conduciendo. Teníamos que garantizar la seguridad en la carretera de Kandahar para permitir la entrada de un convoy humanitario en esa región aislada del mundo. Normalmente, disponemos de un detector de minas que nos avisa. Sigo sin entenderlo. Mis dos compañeros han muerto. El sargento Boissière tenía dos niños.

Tarik lloraba.

–¿Y si me hablas de ti y de Naïma...?

–Fue mi madre la que quiso que me marchase de Serbia. Vivíamos en una región muy pobre. Mi padre murió mientras trabajaba en una cantera de bauxita, y nosotros vivíamos con mi abuela. No teníamos para comer más que lo que cultivábamos, y la tierra no era muy fértil. Cuando estalló la guerra en nuestro país, mi madre estaba nerviosa porque éramos musulmanes en una zona de mayoría cristiana. Me empujó a marcharme. Probablemente, intuía lo que iba a pasar. Me vine a Francia. Primero trabajé en la poda de viñas; luego, en la recogida de la fruta. Cada mes, le mandaba un poco de dinero a mi madre. Un día, me enteré de que unos milicianos le habían prendido fuego a nuestra casa y que mi madre y mi abuela habían muerto. Ese día, decidí hacerme militar para que la cólera que sentía me sirviese de algo. No llegué a ser oficial. No sabía leer ni escribir muy bien: vivíamos demasiado lejos de la escuela. Las únicas historias que me han contado son las que mi madre sacaba de su cabeza. Son historias tradicionales que se cuentan a los niños en Serbia. El primer libro que he conocido es el de Rick Bass.

–Entonces, ¿me estabas escuchando? Creía que en ese momento no estabas consciente.

–Sí, lo escuché todo, pero no conseguía reaccionar. ¡Hasta me apunto a ir con usted y con Guillaume a Montana! Es un poco como mi «hermano de libros», igual que otros tienen hermanos de sangre...

–Tienes razón. «Hermanos de libros» es una expresión bonita. Y es cierto que los libros tejen un vínculo invisible entre quienes los han leído. Guillaume viene el próximo fin de semana a pasar una semana de vacaciones. Te propongo que me acompañe cuando venga a verte. Estoy segura de que tendrá ganas de oírte contar tu propia historia.

–¡Pero yo no soy Frison-Roche!

–No, eres Tarik. ¡Y eso ya es mucho!

Colgué el cuadro de Élise en mi despacho.

Cuando volvió Nathan, se dio cuenta de inmediato de dónde venía.

–¡He aquí el reconocimiento que tanto has estado esperando!

–La cuestión no es simplemente el reconocimiento. Lo que yo esperaba era, sobre todo, recuperar el diálogo.

–¡Pues es un bonito paso!

–Sí, muy bonito, pero queda todavía camino por andar hasta que dejemos de ser prisioneros de nuestras palabras y gestos con Élise.

Al usar la palabra «reconocimiento», Nathan sabía que estaba tocando una zona sensible.

Dicen que hasta las plantas necesitan sentirse queridas para florecer. Nathan cuenta con el reconocimiento profesional de sus colegas. Y yo, antes de tener la librería y, sobre todo, a mis clientes, de quien me esperaba ese tipo de recompensa era de mis allegados.

Una madre con niños pequeños tiene el reconocimiento ganado, pero, cuando crecen, eso queda en el olvido. La actitud de Élise me ha afectado hasta límites insospechados, señal de que en mi vida faltaba equilibrio y me abandoné para ocuparme de los demás. He tenido que trabajar para recuperar mi autoestima, y que conste que todos los contactos que he hecho gracias a la librería me han venido muy bien.

Ahora sé lo que me debo a mí misma y a nadie más.

Hace tiempo que conjugo la libertad con la responsabilidad. Y eso que es una situación que entraña su riesgo, ya que mis ingresos se ciñen exclusivamente a las ventas de la librería. Las condiciones de una profesora, al menos en el aspecto material, son mucho menos inciertas.

¡Qué más da! Siempre he preferido los cielos estrellados a los restaurantes con estrellas. ¡Y en Uzès, de lo primero, tengo de sobra!

Sor Véronika

Una felicidad sencilla

Nathan está enfermo.

Un soplo en el corazón.

Hace tiempo que me fijo en que se cansa rápido, incluso cuando vamos a pasear por la garriga, a pesar de que allí el terreno es muy llano.

Nathan lleva justo el tipo de vida que suele desembocar en problemas coronarios. Le gusta comer, beber, no practica ningún deporte y no dejó el tabaco hasta que nos vinimos a Uzès, aunque a veces me pregunto si no seguirá fumando a escondidas cuando está en París. Resulta que los despachos de arquitectura son el último reducto en que todavía es habitual ver a gente fumando, a pesar de que esté prohibido. Forma parte de la estética, del ambiente... Esas noches al límite son campo abonado para fumar y beber. ¡Como si no se pudiese terminar un gran proyecto sin someterse a la presión de la fecha límite!

Nunca me ha gustado eso, tampoco es que lo entienda.

Y he hecho reflexionar a Nathan en muchas ocasiones preguntándole por qué se empeñaba en cavar su propia tumba tan rápido con este tipo de comportamientos autodestructivos. ¿Por qué no pensaba en mí y en los niños?

Obviamente, Nathan no tenía nada que contestar a eso.

Está enfermo, y es evidente que no puedo dejar de darle vueltas.

Voy a la librería como iría a su oficina una empleada del Tesoro Público.

Ya no soy capaz de leer los libros que me mandan, y soy consciente de que el nivel de atención que les presto a los clientes no es el mismo que antes.

Ventilo sus peticiones como si fuesen un engorro.

Me pierdo en mis pensamientos, que son sombríos.

Estoy nerviosa.

Y, aunque presuma de lo contrario, estoy segura de que Nathan también lo está.

Tiene cita con su médico para valorar las pruebas complementarias que le ha hecho un cardiólogo.

Me gusta mucho la cardióloga de Uzès. Es una mujer despierta y generosa, que debe de conocer en profundidad a muchas de las familias de nuestro pueblo.

Nathan vuelve de su consulta con aire lúgubre:

—No traigo buenas noticias. No solo tengo que operarme, sino que además las arterias coronarias no están en muy buen estado.

—¿Estás preocupado?

—Sí, un poco...

Le doy un abrazo a Nathan. Es grande y fuerte como un oso, pero me da la impresión de que el oso se ha convertido en un osito de peluche a raíz del diagnóstico.

Era viernes, 12 de mayo.

La operación estaba programada para el 10 de junio.

Todo un mes de espera.

Cuando llegué a la librería a la mañana siguiente, abrí la puerta y le di la vuelta al cartelito... pero me sentía completamente exhausta.

El mercado iba animándose, pero ni siquiera me fijaba en él.

No había ido a comerme un trocito de queso de cabra con Leïla, y ya me estaba preparando para cerrar la librería e irme a casa para estar con Nathan cuando entró sor Véronika.

Sor Véronika es una de las religiosas de la comunidad ortodoxa del Monasterio de Solan.

Viene al mercado cada sábado, vestida de negro de la cabeza a los pies.

No es que sor Véronika destaque. De la toca, se le escapan unos cuantos mechones blancos; su hermosa sonrisa le ilumina el rostro. Lleva unas lentes gruesas que revelan una miopía importante, pero eso no hace sino darle protagonismo a sus bonitos ojos azules.

No viene a comprar, sino a vender los productos que fabrica su pequeña comunidad de mujeres.

Llega, como todos los comerciantes, antes de las ocho; despliega los caballetes y dispone su puesto: botes de mermelada, siropes, tarros de miel y vino, uno de los mejores de la zona, según los especialistas. Algunas cosechas, como la Saint Porphyre, no son precisamente baratas, pero, tratándose de una ocasión especial, merece la pena hacer un esfuerzo.

Nunca he tenido una conversación propiamente dicha con sor Véronika al margen de los «buenos días» que nos damos con una sonrisa cada vez que nos cruzamos.

Tampoco recuerdo que ninguna religiosa de la comunidad haya venido a comprar un libro.

—Buenos días. ¿Qué tal le va?

—Buenos días, hermana. Voy tirando. Esta mañana, algo cansada...

No sé por qué le contesté así. Me dejé llevar quizás por que era una religiosa para no responderle con el manido «todo bien», parte esencial de los prolegómenos de cualquier conversación.

–Espero que no sea por alguna preocupación importante.

–No, no. ¿En qué puedo ayudarla?

–Me gustaría saber si tiene *El libro de Kells*, de Bernard Meehan.

–No, no lo tengo, pero puedo pedírselo.

–Se lo agradecería. ¿Cree que podrá tenerlo para el próximo sábado?

–Sí, por supuesto.

–Muy bien. Cuídese mucho, que no tiene tan buen aspecto como de costumbre. ¿Seguro que va todo bien?

–Gracias, hermana, es usted muy amable. Todo irá bien.

El libro de Kells...

Curiosa coincidencia.

El descubrimiento de ese libro fue uno de los momentos más memorables del primer viaje que hice con Nathan a Irlanda.

Está expuesto en el Trinity College de Dublín. Es un manuscrito del siglo VIII que debe su fama a las miniaturas que decoran sus páginas e ilustran los cuatro Evangelios. Está considerado como una obra maestra, reconocido por la Unesco como patrimonio mundial de la humanidad.

Cada página es una maravilla, con esas ilustraciones que tanto pueden estar inspiradas en motivos geométricos, del reino animal o vegetal, como en un maravilloso universo imaginario y colorido.

Me acordaba perfectamente de sus dragones de grandes alas doradas o de las aves del paraíso, con sus plumas azules y naranja.

Después de descubrir aquel libro, Nathan y yo decidimos viajar a Iona, la isla donde habían empezado a escribirlo. Un lugar magnífico, azotado por los vientos, y en el que los pájaros marinos anidaban sin temor a las pocas personas que allí vivían.

Aunque no es que seamos unos viajeros experimentados, nunca reservamos un sitio para dormir; preferimos guiarnos por quienes vamos encontrándonos. Así que *El libro de Kells* nos llevó a aquella isla, que, a su vez, nos puso en el camino de Kathy Colly, una anciana apasionada de la poesía que regentaba un sencillo *bed and breakfast* en una encantadora cabaña. Tenía unas suntuosas hortensias de color azul que parecían dispuestas a devorar su casita.

Gracias a ella, descubrí los poemas de Hemingway, sobre todo los *88 poemas*, que son estremecedores.

Kathy había perdido a su marido en las playas del desembarco de Normandía, y, de boca de ella, los poemas adquirían una hermosa profundidad.

Cuando recibí el pedido, les eché un vistazo a las reproducciones del libro, que volvieron a emocionarme.

Me parece que una de las más impresionantes es la de *Chi-Rho*, que significa «Jesucristo» en griego.

En torno a las dos iniciales, hay una liana que sale de un jarrón y representa el árbol de la vida unido a las siete clases de seres vivos que distinguían los celtas: plantas, insectos, peces, reptiles, pájaros, otros animales y hombres.

Decidí llevarle a sor Véronika la obra al Monasterio de Solan.

El municipio de La Bastide-d'Engras está muy cerca, a unos diez kilómetros al norte de Uzès, pero nunca había estado allí.

Al salir de una curva, apareció ante mi vista el Monasterio de Solan.

La parte principal es un hermosísimo conjunto que fue convertido en monasterio tras su adquisición por las hermanas ortodoxas en 1991.

Partiendo de una antigua granja, han hecho un precioso trabajo de restauración, conservando esa piedra de Gard que, con la luz, saca reflejos dorados.

La parcela ocupa un pequeño valle por el que se extienden campos de cultivo dominados por la colina y sus boscosas laderas.

Llegué creyendo inocentemente que podría ver a la hermana Véronika, pero me encontré con la puerta cerrada, ya que los horarios de apertura eran muy restrictivos.

Para hacer tiempo, decidí dar un paseo por las viñas que había más abajo del monasterio.

Aquí, para cultivar los campos hay que hacer antes un buen trabajo de despedregado, pero la viña se adapta bien a ese suelo irregular; y las de Solan se veían esplendorosas y lozanas.

Vino una hermana a abrir la tienda del monasterio, y pude comentarle el objeto de mi visita.

Me invitó a pasar al patio y, luego, me llevó a una gran sala abovedada, cuyas paredes habían sido repasadas con una mezcla de tonos cálidos y un ocre rosado.

La joven hermana me trajo un vaso de sirope de menta hecho por ellas, acompañado de unos dulces de fruta.

Dejó la bandejita en una mesa, me informó de que la hermana Véronika vendría a verme y se fue.

Yo empezaba a preguntarme qué estaba haciendo allí, en aquella sala decorada únicamente con iconos ortodoxos, en el corazón de un monasterio de una confesión oriental muy alejada de mi cultura.

Tanto Nathan como yo estamos bautizados, pero yo soy la única que hizo la primera comunión, después de unos cuantos años de catequesis. Quise que Guillaume y Élise también recibiesen el bautismo, pero tuve que organizarlo sola. Lo que no impidió que Nathan le diese su visto bueno al acontecimiento con la mente puesta en la fiesta posterior.

Obviamente, la sensación de calma y de tranquilidad que notaba encajaba con lo que esperaba encontrar en aquel lugar.

Sor Véronika entró en la sala abovedada.

–Buenos días, señora. Pero ¿cómo es que ha venido?

–Vengo a traerle el libro que me pidió.

–No tenía por qué hacerlo. ¿No habíamos quedado en que iría a recogerlo?

–Para mí no es molestia. Ha sido un placer traérselo.

–Bueno, en ese caso, no seré yo quien le arruine el placer. ¿Es la primera vez que viene a Solan?

–Sí, ¡y es absolutamente maravilloso!

–Tiene razón, aunque usted ha conocido nuestro monasterio con buen tiempo y después de años y años de trabajo, en los que nos ha hecho falta toda la fuerza del Espíritu Santo para ayudarnos. ¡La tarea era monumental!

–De todas formas, ¿no son ustedes mismas las que cultivan los campos?

–Sí, amiga mía. Al servicio de Pierre Rabhi, a quien sin duda conoce. En un primer momento, creíamos que nos diría con quién debíamos contactar para gestionar los terrenos de modo que pudiésemos dedicarnos en exclusiva a nuestros rezos; pero la verdad es que nos hizo reflexionar al sugerirnos que nos encargásemos de la tierra que se nos había dado y de todos los seres vivos que la habitaban. Hasta nos dio un pequeño tirón de orejas, sorprendido de que los cristianos tengan bonitos discursos sobre la Creación pero estén tan poco implicados en temas de ecología. Y eso nos llegó muy dentro, con lo que decidimos ser religiosas y agricultoras. Hemos tenido que aprender de cero: de las siembras a las cosechas, del abono a la elaboración de conservas; y hasta de viticultura, ya que tenemos una hermana enóloga. Nuestros vinos son muy famosos, ¡aunque de lo que más orgullosas nos sentimos es de que son completamente ecológicos! Ay, hablo y hablo, pero precisamente me esperan en el huerto para recoger los nabos.

–¿Me permite que la acompañe? ¿Puedo ayudarla?

–¡Pues claro!

Mi petición había surgido sin más. No había planificado ni ir allí ni verme recogiendo nabos con la vista puesta en sor Véronika mientras otras dos religiosas trasplantaban lechugas.

El huerto de Solan era estupendo.

Se notaba el cuidado constante y la atención que verdaderamente prestaban a los detalles. Todo era bonito, hasta las flores que bordeaban el huerto; más tarde, entendí que eran buenas para las verduras y contribuían a mantener alejados a determinados insectos que devoran los cultivos.

–¡Y todo es ecológico! ¿No le parece maravilloso lo generosa que es la naturaleza cuando cuidamos de ella? Gracias a este jardín, no solo alimentamos a toda nuestra comunidad, sino que las mermeladas y el vino que vendemos nos sirven para sufragar nuestros gastos corrientes.

—Sí, es estupendo. Se ve todo tan sencillo y tan vivo...

Lo expresé con un deje de nostalgia, y sor Véronika se dio cuenta de que mi voz sonaba triste.

Se oyó un sonido apagado, como si alguien golpease un trozo de madera contra otro. La hermana Véronika se puso de pie con la vista puesta en mí.

—Es la Tercia, el oficio matutino. Luego, tomaremos el almuerzo. ¿Quiere acompañarnos?

—¿Estoy autorizada?

—¡Pues claro, yo la invito!

Asistí al oficio en la capilla del monasterio.

Me dejé llevar por aquellas voces de mujeres que rezaban usando palabras que yo no entendía. Me levantaba al mismo tiempo que ellas y me sentaba al compás de la comunidad.

La vista se me iba a los iconos. Representaban rostros de hombres y mujeres, con su mirada abierta, benévola, y su aureola dorada, de frente o de medio lado; pintados con esmero por las religiosas. La comunidad de Solan está vinculada a la del Monte Athos, en Grecia.

Sentía que me estaba dejando ir, arrastrada por las salmodias y el olor del incienso.

Acepté el cansancio, acepté sentarme sin volver a levantarme, acepté que me corriesen las lágrimas pensando en Nathan, acepté que sor Véronika se acercase a mí en medio del oficio para estrecharme en sus brazos, gesto que acompañó con una señal de la cruz en mi frente:

—Que Dios la bendiga, hermana. En nuestras voces, llevamos sus plegarias. Al Señor las elevamos.

–Gracias, hermana...

No sabía muy bien cómo se rezaba, pero, al salir de la capilla, me sentía más ligera y también más abierta.

Me quedé a comer con las hermanas, y pude degustar una cocina sencilla pero deliciosa. Estaba convencida de que estaba comiendo los nabos que había recogido, de que notaba los aromas de la garriga, de estar alimentándome de la primavera, del verde de los brotes tiernos, de la vida que solo busca abrirse paso...

Cuando me despedí de las hermanas, la madre superiora vino a saludarme.

–Sor Véronika me ha explicado quién es usted. Sepa que aquí es siempre bienvenida. Gracias por el libro.

–Gracias a usted por la acogida. ¿Puedo preguntarle por qué han pedido este libro?

–Por supuesto. Tenemos un taller de iconos y estamos tratando de utilizar pigmentos naturales. *El libro de Kells* fue realizado íntegramente con pigmentos vegetales o minerales. ¿Ha visto las iluminaciones de ese libro?

–Sí, mi marido y yo fuimos al Trinity College. Nos dejó maravillados dicho trabajo.

–Y la entiendo. Ninguna de nosotras ha estado allí, pero sor Véronika creció en la Bretaña y mantiene un vínculo especial con la cultura celta, cuya civilización ha estudiado. Fue ella quien nos habló del libro, toda una joya de la expresión medieval cristiana y celta. Ha estado en contacto con unos investigadores que tratan de entender los procedimientos empleados para conseguir los colores presentes en este manuscrito. Después de haber considerado que los autores del libro eran solo dos monjes, hace tiempo que creen que eran cuatro; algunos, de origen celta especialistas en caligrafía; y, al menos uno, de origen mediterráneo, una zona que destacaba en el arte de los rosetones y de la lacería. Cada página de iluminación está realizada con pigmentos minerales u orgánicos compuestos principalmente de rojo, azul, verde, amarillo, violeta, rosa y blanco. ¿Recuerda ese azul que está presente en muchas de las ilustraciones?

–Claro que sí. Es magnífico. Ni turquesa ni marino: ¡algo único!

–Pues recientes investigaciones han demostrado que no provenía de pigmentos de lapislázuli traídos de Oriente Medio, como la mayoría de los azules que se usaban en esa época, sino de cosechas locales de glasto, una planta muy extendida antiguamente en Europa y también conocida como «hierba pastel». El azul de *El libro de Kells* tendría pues su origen en un pastel irlandés. A nosotras, nos gustaría cultivar glasto y recuperarlo.

–Ya veo. Es una idea preciosa.

–Vuelva a hacernos una visita. Busque usted también su azul de Kells. El azul es el color de la esperanza. Recupere sus pasteles y no deje que la engullan las tinieblas...

Había pronunciado aquellas palabras sin énfasis, acompañadas simplemente de una sonrisa.

Al volver al coche, me encontré con el móvil, que me había dejado allí dentro.

Había recibido muchas llamadas y mensajes de preocupación al ver la librería cerrada. Nathan había intentado contactar conmigo varias veces, era el que más inquieto estaba.

Me lo encontré en casa, y le dediqué una sonrisa tranquilizadora:

–No pasa nada, cariño. Fui a Solan, a llevarles a las hermanas un libro que me habían pedido.

–¡En Solan! ¿A las hermanas? ¿Todo el día allí? Pero ¿desde cuándo haces entregas a domicilio?

Era evidente que a Nathan aquello le parecía muy extraño...

–A ver, corazón mío, entiendo que te parezca raro. Ni yo misma contaba para nada con pasarme el día fuera de la librería cuando salí de casa, pero una cosa llevó a otra y me dejé llevar. ¡Lo que está claro es que este día me ha sentado de fábula!

–Ya veo. Y también me he fijado en que me he convertido en tu «corazoncito», y no es que me disguste, aunque suene un poco adolescente.

–¡Pues aprovecha! Eres mi corazoncito, y qué bien sienta a veces ser un poco cursi, una florecita azul, como el azul de Kells...

–¿Se puede saber de qué hablas?

–¿Te acuerdas de *El libro de Kells*?

–¡Claro!

–¿Y te acuerdas del azul de las iluminaciones?

–Sí, ¡una auténtica maravilla!

–Bueno, pues imagina que la obra que he ido a llevar a Solan trata sobre el libro y que las religiosas están intentando dar con ese azul, que tendría su origen en una planta que se cultivaba antiguamente.

–Vaya casualidad. ¡Cuánto disfruté de aquel viaje! Uno de los más bonitos que hemos hecho. Me gustaría tanto volver a Irlanda... No por el libro sino por los *pubs* y por reencontrarme con su famosa cerveza roja, la Smithwick's.

–¿A que sí? Yo me encargo de reservar los *bed and breakfast*: ¡nos vamos en julio!

–Sí, bueno, ya veremos, no sé...

–¡Chitón, Nathan! Yo sí sé. Todos somos conscientes de que está pendiente esa operación, pero, si te parece,

200

vamos a cambiar el orden de factores y, en lugar de vivir en la inquietud permanente, lo haremos en la esperanza. Ya que el pensamiento anticipa el acto, yo quiero pensar que todo irá bien y que en julio estaremos en Irlanda, cantando en un *pub* rodeados de irlandeses.

—Y yo seré el primero que estará encantado de hacerlo. Cambiando de tema, me toca la fibra sensible que te pongas a rezar por mí. Después de tantos años juntos, ya iba siendo hora...

—No te burles de mí, Nathan. Sé lo que estás pensando. Crees que me estoy dejando embaucar por la religión justo cuando más necesito un apoyo para mitigar mi angustia. ¿Me ves oportunista? Es verdad que he disfrutado el rato que he pasado en Solan, he sentido que el rezo que he compartido con las hermanas me hacía sentir menos sola y que, de ahora en adelante, hay otras espaldas que comparten el peso de la inquietud que llevo a cuestas. Sé un poco tolerante y admite que, en cualquier caso, mal no hace.

A la semana siguiente, sor Véronika fue al mercado. Le hice una seña con la mano mientras ella se afanaba en atender a los clientes.

Cuando terminó de recoger su pequeño puesto, vino a verme.

—Buenos días, hermana.

—Buenos días, querida Nathalie. Venía a decirle que hemos recibido las semillas de glasto y que esta semana haremos la siembra. La madre superiora quería proponerle que nos acompañase. ¿Podría venir alguna tarde?

—Es muy amable por su parte. El lunes, la librería está cerrada. Iré con mucho gusto.

Le propuse a Nathan que fuese conmigo, pero, evidentemente, era mucho pedirle.

—¡Tampoco es que vayan a hacerte monje contra tu voluntad, eh!

—No te digo que no, pero no tengo ningunas ganas de ir a escuchar letanías bajo el influjo de las volutas de incienso.

—Ay, Nathan, cariño, si tú supieses... Es mucho más agradable de lo que crees...

No me salí con la mía, así que puse rumbo yo sola al Monasterio de Solan.

Las hermanas habían montado unas mesas en el exterior y, por parejas, cada una se encargaba de sus semilleros. Unas preparaban los de las coles; otras, los de las zanahorias; yo, los de glasto.

Acompañaba a sor Véronika, y con ella descubrí esa técnica —inmutable desde la noche de los tiempos— mediante la cual, en los cuatro puntos cardinales del planeta, los agricultores alimentan a la humanidad.

En cada macetita, ponía un poco de tierra muy fina mezclada con arena; luego, cogía con la punta de los dedos una semilla minúscula y la depositaba en el centro del pequeño recipiente para, a continuación, cubrirla de una ligera capa de tierra.

—¿Así que esta semillita completamente seca va a convertirse en un brote tierno?

—Sí. Una semillita que, en contacto con la tierra y con el agua, echa unas raíces finitas. A partir de ahí, es la luz la que alimenta a la planta, que crece hacia el cielo. Luz, tierra y agua: un cóctel mágico y eterno. La planta crece; luego, salen las flores. Estas dan frutos y semillas... y el ciclo se pone en marcha una vez más, continuamente. Nada muere, solo se transforma.

Me marché de Solan con dos regalos: una macetita que contenía una promesa de glasto y un pequeño icono de la Virgen que habían hecho las hermanas.

El día de la operación de Nathan, lo acompañé al hospital de Nimes. Esperé a que se lo llevaran al quirófano y coloqué disimuladamente el icono de la Virgen en su habitación. Había decidido ir a ver a las hermanas mientras lo operaban. Los médicos me habían explicado que no podría verlo hasta última hora del día.

En Solan, me encontré con que las religiosas estaban podando las viñas. Aprendí a reconocer los tallos de los que saldrían frutos y a eliminar aquellos que solo echarían hojas y, por lo tanto, había que retirar.

Cuando estábamos en el campo, las hermanas solían cantar.

En ningún momento me preguntaron por el motivo de mi presencia. Agradecí su reserva. Fuese quien fuese, y fuese cual fuese la razón, era bienvenida allí.

Después de comer, sor Véronika me enseñó una ilustración del libro que tenía un punto humorístico: un gato perseguía a un ratón que había robado una hostia. Sonreí pensando en Nathan, que es incapaz de resistir la tentación de meter los dedos en la *mousse* de chocolate que preparo o de birlar un *macaron* cuando los saco del horno.

Antes de marcharme para volver al hospital, le di las gracias a la madre superiora por la benevolencia de toda la comunidad.

—Querida Nathalie, le voy a contar un secreto. Queremos organizar un encuentro de calígrafos de distintas religiones en Solan. Y con ese motivo, me gustaría que dispusiésemos de uno de los mil cuatrocientos ochenta facsímiles de *El libro de Kells*. En él, se reproducen al detalle las 680 páginas, ¡hasta contiene los agujeros que han ido haciendo los insectos a lo largo de los siglos! Acabo de recibir la respuesta afirmativa de nuestros amigos irlandeses. Sor Véronika no lo sabe aún... Si quiere, la invitaremos a participar en ese encuentro.

–¡Estupendo! ¡Gracias! Gracias por todo.

Al llegar al hospital, la habitación de Nathan estaba vacía. Una enfermera me indicó que todo había salido bien y que Nathan subiría pronto de la sala de reanimación.

Cuando llegó, venía completamente grogui. Le cogí la mano y me quedé acariciándosela en silencio.

Al recuperar la conciencia, su mirada se dirigió al icono de la Virgen. Se giró hacia mí con una sonrisa pálida:

–¡Os habéis salido con la vuestra, tú, tus colegas y su jefe supremo!

–¡Sí! Así que, este verano, nos vamos a Irlanda... En busca de *El libro de Kells*.

–¿Por qué lo dices?

–¿No te acuerdas de que los vikingos le confiaron el libro al pueblo de Kells y que desapareció misteriosamente? Cuando dieron con él, le habían arrancado la cubierta, que estaba decorada con piedras preciosas, y nunca más la encontraron... ¡Ya va siendo hora de que nos pongamos en acción!

Le di un abrazo largo a Nathan. Habíamos recuperado nuestro sentido del humor, la cosa iba bien.

De vuelta a casa, sola pero feliz, me esperaba una sorpresa: en el pequeño recipiente que me había traído de Solan, un pequeño brote verde había empezado a despuntar de la tierra.

«Reconocemos la felicidad por el ruido que hace al marcharse». Marie Griessinger echa mano de la cita del poeta Jacques Prévert para el título de su última novela. En ella, habla del dolor que siente una hija al perder a su padre tras una larga enfermedad –la demencia con cuerpos de Lewy– que va mermando las facultades mentales del enfermo poco a poco.

Ese libro me resultó conmovedor, ya que la hija recupera la fuerza buscando cobijo en los recuerdos dichosos. Unos recuerdos que no se borran jamás.

Me hizo gracia leer que Uzès había sido uno de esos lugares felices para aquella familia. La cita de Prévert debería estar pegada en todas las neveras. Debemos ser conscientes cada día de que lo que tenemos se parece, mucho o poco, a la felicidad, para que no llegue el día en que, demasiado tarde y a raíz de alguna experiencia grave en la vida, caigamos en la cuenta de que entonces éramos felices.

Es indispensable educar en la dicha. Con Guillaume y Élise, siempre hemos tratado de hacer énfasis en la alegría cada vez que la atmósfera general se prestaba al desánimo. Por eso, decidimos dejar de tener televisión en casa. Las cadenas de televisión competían por mostrar las imágenes más duras, otorgándole más y más espacio a la crónica de sucesos en detrimento del pensamiento.

Después de que bajásemos la televisión al sótano, nuestras veladas no tardaron en convertirse en la hora de los juegos, de la conversación o de la lectura. Darle una oportunidad a la alegría significa encontrar el espacio, el tiempo y la gente que pueden generarla; pero también saber detectarla entre el resto de las cosas. Solo así es posible alimentarla, cuidarla, hacer que crezca y compartirla.

Cuando Nathan ingresó en el hospital para la operación, me dio por pensar que aquel era un «día de balanza». Llamo así a los días en los que tenemos una cita importante con nuestro destino. Puede ser el día en el que nos dan la nota de un examen para entrar en la escuela con la que tanto hemos soñado, o cuando nosotros o alguien de nuestro entorno se somete a una prueba médica o, incluso, el día en el que unos trabajadores cuentan con saber si hay un inversor interesado en su empresa, que está a punto de quebrar.

Son jornadas en las que la vida puede dar un giro a peor. Y cuando tocan momentos así, suelo notar que me hago más consciente de mi gran calidad de vida. La inquietud ante lo que podría pasar sirve para mostrarme el estado de felicidad en el que vivía.

lxeueRmjo

Arthur

«¡Conviértete en quien eres!»*

* Friedrich Nietzsche, *Así habló Zaratustra*.

Por la mañana, abro la librería a las nueve, pero llego una hora antes para que me dé tiempo a ordenar las estanterías que han quedado descolocadas la víspera.

En invierno, a las ocho de la mañana es noche cerrada. Se hace más raro abrir de noche que cerrar cuando todo está oscuro.

Tengo la sensación de que estoy despertando a los libros y a quienes duermen en ellos. Yo, que soy una dormilona, siento compasión por ese pequeño universo. Esta mañana, donde más desbarajuste había era en la sección de clásicos: Victor Hugo estaba patas arriba, Guy de Maupassant había ido a parar a la novela negra y Jean Racine se había pasado a la mesa de las novedades.

Salvo excepciones, suelo desplazarme en bicicleta. Tengo una bonita bicicleta holandesa de color malva, un tono similar al del taxi de Fred Astaire en la película de Yves Boisset, inspirada en el libro de Michel Déon. Lleva una cesta enganchada al guardabarros delantero y otra en el portaequipajes, detrás; lo que me permite cargar libros en la primera y la compra en la segunda. En Uzès, todo el mundo conoce «la bici de la librera» y, a veces, me encuentro en las cestas un tarro de mermelada, unas frutas o unas verduras frescas.

Pero en pleno invierno voy en coche; los días en que me veo obligada a rascar el parabrisas, me siento como si viviese en Alaska. ¡Soy una friolera de campeonato!

Y hay alguien más que se desplaza siempre en bicicleta: Arthur, el joven cartero.

Arthur es muchas veces el primero en entrar por la puerta de la librería. Además de las cartas de la Administración, me entrega los libros sueltos que me envían los editores independientes, que no entran en los circuitos de distribución de los grandes. Esos libros suelen ser pedidos de clientes, y me fijo en ellos porque es una manera de descubrir verdaderas joyas.

Arthur es un tipo más bien discreto. Sus ojos —casi ocultos tras un mechón que no para de apartar mientras habla— son de un negro oscurísimo. Sea verano o invierno, lleva una gorra de cuero marrón toda rozada que le hace parecer un mafioso de película americana en los tiempos de la ley seca.

Gracias a Racine, tuvimos nuestra primera conversación de verdad. Al ver el libro que me disponía a devolver a su sitio, el joven cartero dijo, como si hablase para sí:

—«Y tenemos noches más bellas que vuestros días...».

—¿Cómo dice?

—Jean Racine. Fue aquí, bajo el cielo de Uzès, donde escribió eso.

—No lo sabía. Pero no me sorprende, es cierto que este cielo es un auténtico espectáculo.

—Sí, y también fue aquí donde terminó de escribir sus reflexiones sobre la *Odisea*, de Homero.

Empezaba a sentir curiosidad por aquel joven cartero literato, así que intenté alargar la conversación.

—¿Le gusta Racine?

–Sí, pero no es solo eso. Me gusta el teatro y la poesía. En esta zona, no hay estudiante que no haya dado la correspondencia de Racine.

–¡Pues por lo menos se os ha quedado algo!

–Gracias al señor Chaulet, que era nuestro profesor de Francés. Yo estaba deseando que tocase clase con él. Y todo empezó cuando leí *El mar de las Sirtes*, de Julien Gracq. Descubrí que las palabras no son herramientas que parasitan el pensamiento humano, que son mucho más que la hiedra que trepa por el árbol. En realidad, son el árbol.

–Me gusta mucho *El mar de las Sirtes*. Antes de venir a Uzès, yo también era profesora de Literatura.

–¡Anda! ¡Qué pena que lo haya dejado!

–Bueno, el oficio de librera también es bonito.

–¡Por supuesto! Pero soy tan consciente de que mi etapa de mayor felicidad fue cuando estaba en el colegio que siento un profundo agradecimiento por los profesores.

Al decirlo, una sombra cruzó fugazmente por la mirada al chico. No me parecía que tuviese ni veinte años. Y no quería hacerle preguntas indiscretas, pero había algo que no me cuadraba. A esa edad, los jóvenes que han disfrutado en la escuela no están trabajando sino que continúan con sus estudios.

–Bueno, no todo se reduce a eso, pero tengo que irme ya. Que pase un buen día, señora.

–Puede llamarme Nathalie.

–Y yo soy Arthur.

–¡Que tenga un buen día, Arthur!

Me propuse retomar aquella conversación con él en cuanto tuviese ocasión.

Al día siguiente por la mañana, no pudo ser; pero al otro, Arthur me trajo dos paquetes y un legajo de cartas.

Estaba preparando un cartel para anunciar una velada con Abdennour Bidar, que acababa de publicar *Les tisserands*, un libro precioso que plantea la idea de que una persona consigue un hilo de oro si alimenta tres vínculos: consigo misma, con los demás y con la naturaleza. Y los tejedores son los que se encargan de reparar con ese hilo de oro el desgarrado tejido del mundo.

–Buenos días, Arthur.

–Buenos días, señora.

–Nathalie.

–Es verdad. Buenos días, Nathalie.

–Estoy preparando un cartel. El viernes, recibimos a Abdennour Bidar para que nos presente su último libro y luego lo firme. ¿Le apetece venir?

–Con mucho gusto, pero ¿no es algo exclusivo para clientes?

–No, es gratuito.

–Entonces, me apunto. Me gustó mucho su *Carta abierta al mundo musulmán*.

–Ah, caramba... ¿Así que leyó ese texto?

–Sí, lo cogí en la mediateca.

Lamenté mi torpeza al sorprenderme de que hubiese leído aquel texto, obligando al chico a justificarse y a explicar que conseguía los libros en la mediateca.

–¡Genial! ¿Cuento con usted, entonces?

–Sí, sí.

Los eventos que organizo tienen lugar en el sótano, que está conectado con la librería mediante una escalera interior. Es un pequeño anfiteatro formado por unas cuantas gradas de hormigón visto con capacidad para casi cien personas, toda una ventaja a la hora de organizar actividades, algo imprescindible para dinamizar la librería y darle proyección.

Y, con cada evento que anuncio, consigo llenar la sala.

El último había girado en torno a Françoise Huguier, con motivo de la publicación de *Au doigt et à l'oeil*, su autobiografía, un libro que se lee como una auténtica novela de aventuras. Antes de convertirse en una famosa fotógrafa reconocida unánimemente por su capacidad para captar con su objetivo a los héroes de la vida cotidiana a lo largo y ancho del mundo, vivió una infancia marcada por su secuestro, a los ocho años, en Camboya. Sin caer en demasiados sentimentalismos pero con una tremenda sinceridad, cuenta sus recuerdos infantiles, para luego pasar a comentar algunos de los grandes reportajes que le dieron la fama.

Yo había instalado un proyector para ir acompasando sus palabras y sus fotos. Pasamos sin transición de Japón a Siberia, haciendo escala en África, Singapur, Kuala Lumpur... Como nexo entre las imágenes, la gente común que las protagoniza, en situaciones que a veces nos incomodan por lo alejadas que están de nuestro día a día en Occidente. Françoise Huguier nos contó cómo conseguía que aquellas personas anónimas le abriesen sus puertas y aceptasen luego que las fotografiase en su intimidad, tan cruda en ocasiones. Cada foto tiene su historia, y a mí me encantan esas historias.

La velada con Huguier nos había dejado huella y me animaba a seguir invitando a fotógrafos para que nos ayudasen a descifrar la gramática de la imagen y su vocabulario específico. En un mundo en el que el torrente de imágenes no se detiene y en el que puede que no contemos con más texto que unas líneas a modo de leyenda, sin análisis de ningún tipo, es ya imprescindible aprender a «leer» una imagen más allá del impacto emocional inicial que nos cause.

Cuando está, Nathan viene a echarme una mano con la organización de esos encuentros. De camino a la velada con Abdennour Bidar, le conté mis conversaciones con el joven cartero. Quería presentárselo.

–No me preguntes por qué, pero hay algo en la vida de este chico que me cuesta entender.

–¿Y no será que te estás volviendo la reina de las cotillas de Uzès?

–¡De eso nada! Es solo que creo que este chico no está precisamente en el sitio que le corresponde... Llámalo intuición.

–Ah, bueno. Siendo así, me rindo ante la célebre intuición femenina. Pero, para que lo sepas, el oficio de cartero es muy bonito. ¡Y bien que lo necesitamos!

–Sí, ya; aunque desde que han implantado esas colmenillas de buzones al lado de la carretera, no es que el cartero vea mucho mundo en sus rutas. La productividad ha causado también estragos en las relaciones sociales.

–¿Te acuerdas de aquella bonita canción de Moustaki que cantaba yo con la guitarra cuando nos conocimos?

–¡Claro!

Y nos pusimos a cantar a dúo:

> Era él quien venía cada día
> los brazos cargados de mis palabras de amor traía [...]
> Él se llevó consigo
> las últimas palabras que yo te había escrito [...]
> El amor ya no es viajero,
> ha perdido a su mensajero.

Poco a poco, las gradas iban llenándose.

Yo estaba pendiente de la llegada de Arthur, pero era hora de dar comienzo a la velada, así que no me quedó otra que hacerlo sin él.

Salió todo bien, pero Nathan se dio cuenta de que me sentía decepcionada por la ausencia del chico.

A la mañana siguiente, el joven cartero no apareció, tampoco a la otra.

Llamé a Correos para informarme de si había pasado algo, pero me tranquilizaron diciéndome que, simplemente, no me habían llegado cartas durante esos dos días.

Cuando Arthur abrió la puerta de la librería, me sentí aliviada. Al fin, pude entender la historia del chico.

—Buenos días, Nathalie. Cuánto lamento no haber podido asistir a su velada. Estoy seguro de que estuvo muy bien.

—Sí, pero le echamos de menos. Yo le eché de menos, la verdad... Contaba con que viniese.

Se lo dije sinceramente, sin ánimo de reproche.

—Es muy amable, pero no siempre puedo hacer lo que quiero por las tardes. Mi madre tiene un restaurante y a veces, cuando hay mucha gente, me pide que le eche una mano.

—Ah, bueno. ¿Y su padre?

—Mis padres están separados. Mi padre vive en la zona de Lille.

—Ay, no es nada fácil eso.

—No, pero es lo que hay. Así es mi vida.

Noté un alto grado de resignación en Arthur. Como si esa vida suya le hubiese caído encima de la misma manera que el mechón le tapaba la cara.

—¿Por eso eres cartero? —le dije, tuteándolo.

–¿A qué se refiere?

–A que no has podido estudiar más.

–Sí. Mi padre nunca pudo pasarle una pensión alimenticia a mi madre, y el mundo de la restauración no es precisamente estable. Pero, también le digo, no me quejo. Siendo cartero, termino el trabajo a mediodía, y eso me deja mucho tiempo libre para leer y ayudar a mi madre.

–¿Qué te habría gustado hacer si hubieses podido?

–Actor. Me habría gustado ser actor.

Arthur lo había dicho como si fuese una declaración de intenciones, echando el mechón hacia atrás, y, por primera vez desde que lo conocía, con brillo en los ojos.

–Pero Arthur, no puedes quedarte así. ¡Tú no has nacido para ser cartero! ¿Quieres que escriban en tu tumba: «Conservó su potencial intacto»?

Había hablado sin pensar, pero era consciente de que al expresarme de esa manera había ido un poco lejos. ¿Quién era yo para juzgar lo que era bueno o malo para aquel chico?

–Estoy segura de que eres un actor nato. Serías un gran actor, te lo digo yo.

–Es muy amable, pero no va a poder ser. Usted no se da cuenta...

–Mira, ahora no tenemos tiempo de hablar de todo esto con calma. Mañana podríamos quedar en el Ten para comer cuando acabes de trabajar y vemos si es o no posible. ¿Te parece?

–De acuerdo.

Al salir de la librería, me crucé con Hervé, al que todo el mundo conoce porque canta por las terrazas de los cafés. Acompaña con la guitarra unas bonitas canciones en occitano. Antes de cada una, hace una breve traducción de lo que va a cantar. De esa forma es posible captar luego algunas palabras a lo largo del texto.

Me gusta hablar con él porque es el que mejor conoce la historia de nuestra zona.

Estaba cantando una canción sobre el Eure, el río que abastece a Uzès de agua potable. Está situada en un pequeño valle en la parte baja del pueblo, y es conocida porque, en la Antigüedad, era la que surtía a Nimes; de hecho, el famoso puente del Gard se construyó por ella.

Los habitantes de Uzès se sienten orgullosos de su rica historia, a pesar de que hubo algún tiempo en el que fue un tanto movida: tres veces han tenido que volver a levantar la catedral, y pagaron un alto precio durante la persecución a los protestantes, ya que Uzès era el quinto pueblo protestante de Francia.

Siempre he sentido curiosidad por la gente que no es como los demás. Cuántas veces los marginados son visionarios, abren caminos o se constituyen en elementos de la resistencia. Consiguen revelar ciertos aspectos ocultos de nuestra naturaleza que nos muestran si accedemos a enfrentarnos a su universo. Muchos artistas han vivido en espacios poco definidos antes de ser reconocidos y adorados, explorando a veces las neurosis hasta el punto de convertirse en sus maestros.

Cuántos escritores, ya sean clásicos o modernos, han sido así capaces de expresar con palabras los abismos del alma humana. Las palabras de Antonin Artaud son las de un hombre que pasó años internado. Virginia Woolf, Ernest Hemingway o Romain Gary se suicidaron, legándonos antes algunos de los textos más sensibles de la literatura. También hay otros con fobias menos dramáticas: Colette escribía únicamente en papel azul;

217

Barbey d'Aurevilly, con tinta roja, y Edmonde Charles-Roux lo hacía... ¡desnuda!

Hace poco descubrí *Memoria de chica*, de Annie Ernaux, en la que cuenta, a sus casi ochenta años, cómo su vida ha estado permanentemente marcada por la vergüenza de su primera relación sexual.

Le envié el libro a Élise, junto con una extensa carta en la que le explicaba que esperaba que cuidase esa parte tan íntima de la vida y tan fácil de destruir si nos lanzamos a los brazos de desconocidos de una noche, inconscientes o brutos.

El sol bañaba la terraza del restaurante en el que había quedado con Arthur, lo que nos permitía comer fuera a pesar de estar en invierno. ¡Y es que el sol en el sur es todo un privilegio! El día puede empezar con helada y calentarse muy rápido siempre y cuando no intervenga el mistral.

Dudé sobre si Arthur acudiría a la cita. Yo no había dormido nada bien.

Pensé en la parábola bíblica de los talentos, de la que tenía un vago recuerdo. Me acordaba más que nada del padre interpelando al hijo: «¿Qué has hecho tú con tus talentos?».

Llegó Arthur. Había cambiado el uniforme de cartero por un pantalón y unas botas de montar. Llevaba una bonita chaqueta de terciopelo negra y un pañuelo rojo anudado al cuello. No podía faltar la gorra de cuero, pero se la quitó y la dejó sobre la mesa al saludarme.

—Antes de nada, me gustaría disculparme contigo, Arthur. No tengo ningún derecho a decirte lo que tienes que hacer con tu vida. No soy tu madre, menos aún tu padre...

–No se disculpe. Quiero a mis padres con todo mi corazón, pero también sé que nunca he sido una prioridad para ellos. Me conmueve que alguien se interese por mí. Los profes son los únicos que se interesan por los hijos de otros. Y sus palabras sobre mi: «potencial intacto» me rondan la cabeza desde que me las dijo.

–Entonces, si te parece, vamos a tratar de expresar los motivos de ese «no es posible», como me respondiste el otro día, que te impiden dar los pasos necesarios para alcanzar tu sueño.

–Yo, encantado.

Arthur pidió *fish and chips*, pero con patatas caseras de verdad, y yo una ensalada de calamares a la plancha.

–Soy toda oídos, Arthur. Cuéntame un poco por qué no puedes hacerte actor.

–Porque no tengo los medios para pagarme una escuela de teatro, para vivir en París... y tampoco puedo dejar sola a mi madre con el restaurante.

–¿Las escuelas de teatro son privadas?

–Sí... Bueno, los conservatorios, no; pero para entrar en ellos hay que tener mucho talento. Las pruebas de acceso son muy exigentes. De ahí han salido Sabine Azéma, Jean-Paul Belmondo, Jean Rochefort y casi todos los grandes actores.

–¿Y tú no tienes mucho talento?

–No lo sé...

–¿Por qué no partimos de la base de que sí eres muy talentoso y de que vas a hacer todo lo posible y más para preparar esas pruebas de acceso? ¿Sabes en qué consisten?

–No muy bien. Creo que hay que interpretar diferentes escenas sacadas de repertorios varios.

–Podrías informarte.

–Sí, pero vivir en París es muy caro.

–Tienes razón. Pero puedes hacer como aquí: buscarte un trabajito que te permita ganar algo de dinero. ¿No conoces a nadie con quien puedas quedarte, aunque sea mientras haces las pruebas?

–No. Bueno, está una prima de mi madre, pero hace mucho tiempo que no la veo.

–¿Y crees que podrías llamar a esa prima?

–Sí...

–Entonces, te propongo lo siguiente: mi marido, Nathan, tiene acumulados muchos puntos para viajar gratis en tren y no los usa. Así que vas a comprarte un billete a París, vas a ir a visitar el Conservatorio y a informarte sobre lo que se necesita para entrar en él, y te acercas a ver a la prima de tu madre. Aprovechas el viaje para mirar qué trabajos puedes hacer sin que te quite de estudiar. Luego, ya hablaremos. A mí no me importaría ayudarte a trabajar los textos si decides presentarte a esas pruebas de acceso.

Arthur me miraba sin terminar de creerse que aquella historia pudiese hacerse realidad. Bajó la cabeza y dejó que el mechón cayese ocultándole la mirada.

–Y mi madre... Imagine que me cogen. ¿Qué pasa con ella?

–Arthur, ¿qué crees que querían tus padres para su hijo cuando tú naciste? Que fuese el más feliz del mundo, ¿no? ¿Y piensas que eso ha cambiado? ¿Qué te dice tu madre ahora?

–Que tengo que marcharme de Uzès y vivir mi vida. Que no me quede solo por ella.

–¡Ahí lo tienes! ¿Sabes por qué te llamaron Arthur tus padres?

–Sí, por el rey Arturo, el de los caballeros de la Mesa Redonda. Pero también porque a mi padre le gustan mucho las historias de Babar, y Arthur es el primo listo de Pomme, Flore y Alexandre.

—A mis hijos también les encantaba que les leyese las historias de Babar. ¿Ves, Arthur? Tu nombre es una prueba de la voluntad que tenían tus padres, del primer impulso que quisieron darte, de lo que imaginaron para ti cuando todavía estabas en el vientre de tu madre y ni siquiera os habíais visto. El rey Arturo no puede quedarse de cartero en Uzès para toda la vida... ¿Qué te parece lo que te digo?

—La estoy escuchando, y me resulta un tanto vertiginoso. Pero quiero creer en ello. Y me viene a la cabeza la frase de Séneca: «Cuando hayas desaprendido a esperar, te enseñaré a querer».

—Muy bonita. Se la di como tema de disertación a mis alumnos. A ti te toca llevarla a la práctica.

Al despedirme de Arthur, no tenía muy claro si el caballero se subiría realmente a lomos de su caballo. Era muy consciente de que eso le suponía desprenderse del disfraz que había adoptado hasta ese momento.

Nathalie significa «día del nacimiento». Y a mí, que considero que cada día nos brinda una oportunidad para ser una nueva versión de nosotros mismos, también ante los demás, eso me pega mucho. He tenido la suerte de poder ser fiel a ese impulso en mi vida, guiada por un hilo invisible que mis padres tendieron en torno a mí.

Un nombre tiene mucha importancia. A veces, los nombres están tan cargados de connotaciones que es mejor cambiarlos. Por eso mi amiga Sophie se lo cambió por Alara cuando tuvo conocimiento de que llevaba el nombre de una abuela que había sido depresiva toda su vida. Al cambiarse el nombre, quiso romper con el peso del destino. Alara significa «el rojo camino de en medio». Así, escogió aquel por el que quería transitar y en el que quería vivir a partir de entonces.

Durante más de una semana, a Arthur lo sustituyó Simon, un cartero alegre y bonachón, de unos cincuenta años, que era bastante más hablador que el chico.

—¡Buenos días, señora! Soy el sustituto de Arthur. ¡Se nos ha ido a pasar una semana a la capital! Yo me encargo de su ruta. Normalmente, él hace la de los comercios y yo la de los particulares. Ahora, tengo las dos.

»¡Pero no sale mal parada con el cambio, porque soy un cartero que solo trae buenas noticias!

—¡Eso es una maravilla! Entonces, ¿nada de facturas?

—¡Las menos posibles! La cuestión es que no es fácil ser el portador de las malas noticias, ¿sabe?, así que digamos que fuerzo un poco el destino. A veces, cuando le entrego una carta certificada a alguien, le veo en la cara la inquietud que le provoca. Lo que hago es quedarme un poco más, darle tiempo a que la abra. Con frecuencia, la gente no espera a que nos vayamos para abrir ese tipo de carta. Hay empresas que despiden a sus empleados sin ni siquiera habérselo anunciado. Reciben directamente una carta convocándoles a una reunión. A mi vecina, una chica joven que trabaja en una gran empresa de dulces, le cayó como un mazazo. Menos mal que estoy yo ahí a veces para darles un pañuelo...

—¡Entonces, usted también hace un poco de asistente social!

—Ni que lo diga. A las personas mayores, aunque ahora hayan reagrupado los buzones, les sigo llevando el correo puerta por puerta. Si no fuese por mí, no verían a nadie en toda la semana. Por lo menos compruebo que están bien y cruzamos unas cuantas palabras. Precisamente, voy a ir a ver si la abuelita que vive en el piso de arriba se encuentra bien. Sospecho que se ha suscrito a un periódico solo para que vaya a visitarla.

—No sabía que había una persona mayor viviendo en este edificio.

—Ah, ya... No es que salga mucho, claro. Pero sigue haciendo unos crocantes de almendra riquísimos. Esa es mi recompensa diaria. Hala, ¡hasta mañana!

Me sentía culpable por no haberme molestado nunca en conocer a mis vecinos más próximos. Si Abdennour Bidar estuviese aquí, me recordaría que el vínculo que hay que tejer con los demás empieza por la gente con la que nos cruzamos cada día sin reparar en ella y por aquellos a los que corremos el riesgo de no ver, ya que están enfermos, son mayores o, simplemente, viven recluidos en sus casas bajo el peso de su propia existencia.

Hice el propósito de ir a ver a la anciana, y no solo por sus crocantes...

Al lunes siguiente, ya estaba Arthur entrando por la puerta otra vez.

Traía una sonrisa de oreja a oreja que no dejaba lugar a dudas.

—Buenos días, Nathalie. Quería darle las gracias. No sé si entraré en el Conservatorio, pero usted me ha sacado del letargo. Me gustaría regalarle un libro. Es un poco raro regalarle un libro a una librera, pero es el regalo que tengo. He notado que le gustan la naturaleza y la ecología; y, para mí, este es un libro fundacional a la altura de Kessel, Giono o Hugo.

—Gracias, Arthur. Da gusto verte. Lo único que he hecho yo es hacer sonar el despertador. ¡El que se ha despertado has sido tú!

Abrí el paquete y me encontré con *L'empire du taureau*, de Catherine Paysan.

–Efectivamente, no conozco este libro. ¡Qué suerte la mía! Pero cuéntame, ¿qué tal ha ido en París?

–Antes de nada, quedé con la prima de mi madre. Su hijo está estudiando en Canadá, y su habitación está libre. Además, me dijo que para ella sería una alegría poder ayudarme, ya que, cuando eran niñas, mi madre y ella soñaban con ser bailarinas. Ella lo consiguió, pero mi madre tomó otro camino. Me contó que no paraban de repetirse las últimas palabras de Philippe Chatel al final del cuento musical *Émilie Jolie*: «Haced que el sueño devore vuestra vida para que la vida no devore vuestro sueño». Los exámenes de acceso son dentro de tres meses. Hay un texto obligatorio, y tengo que elegir también un texto moderno y uno clásico. Usted está dispuesta a ensayar conmigo, ¿verdad?

–¡Pues claro que sí! E intuyo que ya sabes a qué autor clásico vas a escoger...

–Sí, a Racine. *Andrómaca*. Y, por lo que respecta al curro, hay muchas ofertas en París. Faltan camareros, que es, junto con el de cartero, el oficio que mejor conozco.

En el momento de escribir estas líneas, Arthur es ya alumno del Conservatorio de París. Pasé unas tardes estupendas trabajando con él, ayudándole a ensayar sus textos, a buscar el enfoque correcto y también los silencios justos. Muy pronto, tuve la intuición de que lo aceptarían en las pruebas de acceso, ya que, en menos de un segundo, era capaz de interpretar a sus personajes de una manera fascinante. Cada vez que se metía en el papel, yo me olvidaba del cartero, de Arthur.

Cuando Arthur supo que había entrado, nos invitó a Nathan y a mí a cenar en el restaurante de su madre. Es una mujer muy guapa, tiesa como una vela y de una gran elegancia, una persona a la que se le nota que no ha tenido una vida de color de rosa, pero que conserva el orgullo. Aquella noche de lo que más orgullosa se sentía era de su hijo.

Solange

De la importancia de cultivar nuestro jardín interior

En la comarca de Gard, se dan tres besos, al igual que en Ardèche.

Al principio, uno no se lo espera y tiende a retirar la mejilla demasiado rápido. Luego, se va acostumbrando. Eso permite distinguir a los recién llegados de los de aquí de toda la vida.

A Nathan, ese ritual lo saca de sus casillas y preferiría vivir en un país islámico o hindú, donde nadie se toca a la hora de saludar.

A mí me encantan todas esas cositas que definen los diferentes usos y costumbres y que mantienen a raya una uniformidad que, por otra parte, ya está lo suficientemente extendida.

En la India, el bonito «*namasté*» no da lugar a ningún contacto físico, pero es un gesto cargado de simbolismo, mientras que en Estados Unidos, el «*hug*» es un abrazo en el que solo le chocamos la mejilla a nuestro interlocutor. Los inuits de Alaska se frotan la punta de la nariz. Y en Francia... pues nos damos dos besos o, si es en Gard, ¡tres!

Nathan afirma que seríamos uno de los países en los que más rápido se propagaría una epidemia, dado que a nadie se le ocurre dejar de besar a sus vecinos ni aunque esté enfermo. Por eso mismo, todos los alumnos de una clase cogen piojos cuando uno de ellos los tiene, y todos los arquitectos de su oficina pillan una gastroenteritis en cuanto uno la trae consigo.

–Me parece una completa falta de responsabilidad. ¡Basta algo así para poner en jaque la entrega de una obra! Y, para más inri, ahora está de moda que los hombres se besen entre ellos para saludarse. Esa tendencia, combinada con la de afeitarse mal la barba, ¡nos tiene todo el día con las mejillas como si las rascásemos con un estropajo verde!

–Anda, Nathan, que eres el jefe de tu agencia; así que solo tienes que cambiar el reglamento interno: ¡prohibidos los besos, prohibidas las barbas, prohibidos los hombres! Una auténtica dictadura en pleno Marais: ¡menuda publicidad te daría!

Creo que Solange se vino a vivir a esta zona más o menos al mismo tiempo que nosotros.

La primera vez que me encontré con ella fue en Terralha, el festival de cerámica de Saint-Quentin-la-Poterie.

Ese pueblecito organiza eventos varias veces al año para animar a los visitantes a entrar en los talleres. El Terralha brinda la oportunidad de reunir a artistas venidos de toda Europa.

No me pierdo nunca esos ratitos que organizan en Saint-Quentin y que me permiten descubrir nuevos talentos o seguir la evolución del trabajo de los ceramistas que se han instalado allí.

En mi tercera vida, no me cabe duda de que seré alfarera. La relación con la tierra, esa materia orgánica y sensual, combinada con el trabajo de esmaltado, dan la sensación de que la obra, en contacto con el fuego, se transforma por la alquimia del talento humano, que se alía con fuerzas misteriosas.

François es uno de los alfareros cuyo trabajo más me gusta.

Su taller está justo en lo alto de la calle. Me encantaría aprender de él. Cuando entro allí, raro es que salga sin un jarrón, una jarra o un plato. Sus formas son sobrias, sus tintes, claros sin ser vivos, y la cocción según el método *raku* les confiere a sus piezas el aspecto de tener ya una historia.

La galería Terra Viva renueva periódicamente su exposición y siempre organiza una inauguración para dar a conocer a los nuevos talentos.

Solange estaba en una de ellas, y fue allí donde nos presentó François.

Tres besos, uno de los cuales se me quedó colgado.

—Ah, sí, aún no me he acostumbrado. Aquí son tres. Lo siento.

—No se preocupe, a mí también se me olvida a veces el tercero.

Solange mostraba el entusiasmo de los conversos. Todo le gustaba: la zona, la gente de aquí, el vino, los alfareros de Saint-Quentin a los que tenía pensado reservarles una pared entera de su salón para hacerle hueco a centros de mesa, macetas y otras creaciones adquiridas en función de la época del año.

Deberíamos cultivar esa forma de ver las cosas como si fuese siempre la primera vez. Sería mucho más sencillo si nuestras emociones no fuesen erosionándose con el tiempo.

Saber mirar al sol que nace por la mañana y se pone por la tarde como si asistiésemos al primer amanecer del mundo constituye toda una filosofía de vida, como lo es emocionarse cada año con el canto de la oropéndola que vuelve a anidar en las lindes del bosque o conservar intacta nuestra capacidad de sorprendernos ante la sombra que proyecta un gran árbol sobre el lienzo de la luna llena.

Sin embargo, lo que cambia no es ni el sol ni la oropéndola ni la luna sino nuestra mirada, que se olvida de ver, se desgasta, se habitúa.

Algo que podemos hacer extensible al hombre que tenemos al lado. Si exceptuamos a los grandes impostores, rara vez pierden los hombres sus cualidades esenciales como los árboles pierden las hojas al llegar el otoño.

Así que dejemos de pensar que el sol, la oropéndola, la luna o el hombre que llevamos del brazo están ahí para siempre y vivamos como si pudiesen llegar a desaparecer. No con la angustia de su desaparición sino con la dicha de su existencia.

Ese es, por otra parte, el mensaje que comparten todos los libros de desarrollo personal: hoy es el primer día del resto de tu vida. Y no hay más tiempo disponible que el presente, así que... ¡vívelo!

Solange era una de esas mujeres por las que parece que no pasan los años: mirada clara y directa, porte altivo acompañado por una altura considerable, cabello denso y recogido simplemente con un palillo largo de madera lacada.

A mí, que me veo demasiado pequeña, que creo que mis caderas son algo anchas, que las patas de gallo que tengo ya alrededor de los ojos solo pueden ir a más y que mi boca va perdiendo el labio superior me habría gustado ser más como ella.

¡Aunque reír me he reído un rato!

Pero los años no pasan igual para todos.

A Solange, la acompañaba un hombre que le daba a la pareja una presencia imponente. Imposible no fijarse en ellos.

Nathan es también un hombre guapo, pero yo no siempre me he sentido a su altura. Y es una impresión un tanto estúpida, ya que a una pareja le dan impulso otros tantos vientos invisibles que le llenan las velas. Estrictamente hablando, la estética no es más que la cara vista de un dado con múltiples facetas.

Unas semanas más tarde, Solange entró en la librería con su marido.

–Buenos días. Queríamos encargar unos libros.

–Claro, buenos días. Antes de nada, vamos a mirar si están en la tienda.

–No los he visto. Se trata de *Manuel des jardins agroécologiques*, de Pierre Rabhi, *Itinéraires d'un jardinier*, de Pascal Cribier, y *Alternatives au gazon*, de Olivier Filippi.

–Efectivamente, no tengo ninguno.

–Es que queremos diseñar un jardín adaptado a las condiciones climáticas de esta zona. Por eso nos han aconsejado esas obras.

–¿Tienen un jardín amplio?

–De dos hectáreas. A mí me gustaría preparar también un huerto, pero Luc tiene sus prejuicios y considera que un huerto no queda bonito. Voy a intentar hacerle cambiar de idea. Cuando vea abrirse las hojas de las coles moradas y brillar con los primeros rayos de sol sobre el rocío, caerá rendido.

–Si les gustan los jardines, no se pierdan el jardín medieval de Uzès. En un espacio minúsculo, podrán descubrir un universo lleno de poesía. Hay una bonita colección de plantas aromáticas y medicinales que puede servirles de inspiración para su jardín.

–Gracias. Iremos a visitarlo. ¿A que sí, Luc?

–Por supuesto, querida.

Solange volvió a visitarme al siguiente otoño. Luego, en primavera. Y, en cada ocasión, me encargaba libros de jardinería.

Tenía un gusto muy definido y, gracias a ella, yo iba descubriendo publicaciones que luego volvía a pedir para incorporarlas al fondo.

Al ser Nathan quien se ocupa de nuestro jardín, no soy lo que se dice una experta en la materia. Además, nuestro jardín es más bien un gran patio acondicionado en un estilo muy toscano en torno a unos cuantos olivos con encanto, tres cipreses altos, unos agapantos y lavanda; no hay mucho que discurrir ahí.

En su visita primaveral, Solange me pareció más nerviosa. Le pregunté si estaba contenta con sus plantaciones.

–¡Ah, sí! El jardín es magnífico. Tenemos unas glicinias enormes que lo impregnan con su aroma, y los rosales empiezan a abrirse con unas flores bellísimas. Preparo un ramo a diario para que Luc se despierte con la caricia de su perfume. Tenemos una fuente preciosa, y a él le gustaría que cubriésemos su contorno. He ido a ver a Mathieu, el de los viveros, y me ha aconsejado unos agapantos.

–A mí me gustan mucho los agapantos. Quedan muy bonitos. En casa, los tenemos blancos y malva.

–Me da miedo que a Luc le resulten demasiado obvios y carentes de sutileza...

Yo los veía perfectamente sutiles, pero me abstuve de hacer comentarios. Con tanto Luc por aquí, Luc por allá... ¡No iba a meterme en una elección que parecía tener tales implicaciones!

Sus viveros son toda una referencia. Sus plantas son muy bonitas, y Mathieu prodiga unos consejos estupendos.

Cuántas mujeres apasionadas de los jardines se han dejado seducir un poco por este viverista, poniendo a sus hombres algo celosos de ese piquito de oro que tan bien sabe llevar su negocio, proponiendo unos cubresuelos que van estupendos, un magnolio que dará unas flores que serían la envidia de un papagayo, un viejo olivo ideal para la esquina de la piscina...

Mathieu también se dedica al cultivo de la oliva. Tiene un molino de aceite al que cualquiera puede ir a moler su cosecha.

Cocinar con el aceite de los olivos propios forma parte del encanto de Uzès. No es que vayamos a aliñar nuestras ensaladas con los seis árboles que tenemos, tampoco hemos sucumbido a ese capricho.

Pero he de admitir que ha sido en casa de Mathieu donde hemos descubierto realmente lo que es el aceite de oliva. Hemos probado distintas clases, igual que si estuviésemos en la bodega de un gran castillo de la zona de Burdeos. Tanto los términos que se utilizan como el método de degustación son muy similares. Sus aceites tienen unas tonalidades preciosas, desde los dorados más dorados al verde pálido. Y, en cada ocasión, su gusto ofrece una paleta de sensaciones increíblemente variada. A mí me gustan los aceites un poco condimentados. ¡Se los echo a todo!

En lo que respecta a los jardines, hay dos periodos fundamentales: el otoño, que es cuando se planta, y la primavera, dedicada a la poda, aunque algunos pasan también horas arrancando hierbas salvajes. He dejado de decir «malas hierbas» desde que mi amigo Mathieu me regañó por hacerlo. Me dijo que no hay ninguna hierba mala, es solo que algunas son bien recibidas mientras que otras... no.

El verano es una temporada preciosa para los que tienen huertas. Es el momento de la recogida de los albaricoques, de las ciruelas y de los higos... ¡y de hacer mermelada!

Solange volvió por la librería en septiembre, claramente alterada. Daba la impresión de que había envejecido diez años en un solo verano.

Era un martes, a primera hora de la tarde, y la librería estaba vacía.

Por primera vez, no se dirigió a la sección de jardín, sino a la de desarrollo personal.

Vino con *El hombre que quería ser feliz*, de Laurent Gounelle.

Para mí, es como una señal de alerta: cualquiera que se compre un libro de ese estilo, es como si llevase escrito en la frente «No me encuentro bien».

—Buenos días, Solange. ¿Qué tal está?

—Buenos días, Nathalie. Estoy regular. El verano ha sido muy duro. Mucha gente yendo y viniendo. Cuando se iban los amigos de los niños, desembarcaban nuestros amigos de París. ¡Me sentí como si hubiese pasado el verano en los fogones de un hotel de cuarenta habitaciones! Sin contar las sábanas que había que cambiar cuando alguien se marchaba, las coladas que había que hacer y el hecho de que a todo el mundo le parezca normal que eso se hiciese solo. Entiendo que Luc haya podido descansar, pero yo estoy feliz de que las vacaciones por fin se hayan terminado. Ahora empiezan las mías, pero sin Luc, ya que él también ha vuelto al trabajo. Por otra parte, hay muchas plantas que me han decepcionado. Había comprado hortensias, pero el clima les ha pasado factura. Luc adora esas plantas que le recuerdan a la

Bretaña, lo malo es que no están adaptadas a esta zona. Él se niega a asumirlo, y luego la toma conmigo cuando algo no sale bien.

Se le venían las lágrimas a los ojos, parecía que estuviese a punto de derrumbarse.

No es que fuésemos realmente íntimas, así que yo dudaba sobre cómo actuar: ¿mirar hacia otro lado y dejar que se fuese con su libro de Gounelle o darle pie para que pudiese desahogarse conmigo si le apetecía?

Pero la naturaleza de una es la que es, y tampoco es que me inspirasen mucha confianza Laurent Gounelle y otros autores como Paulo Coelho a la hora de solucionar su problema...

—Bueno, parece que la cosa no va muy bien, ¿o me equivoco?

No hizo falta más para que se echase a llorar. Le ofrecí mi taburete a Solange. Entre sus sollozos, fui captando algunas palabras que para mí no tenían sentido:

—Luc... el árbol de Júpiter... la piscina volteada... el árbol de Júpiter en flor... lo ha tallado todo... la habitación del granero... Thomas... caído...

—Llore, Solange. Ya me contará luego.

Eran las cinco de la tarde, pero no podía recibir más clientes en aquellas condiciones. Apagué el escaparate y le di la vuelta al cartelito para indicar que la librería estaba cerrada.

Cuando Solange se calmó, me di cuenta de que tenía ante mí a una mujer absolutamente agotada después de haber pasado el verano ocupándose de otros y, sobre todo, tratando de satisfacer a un marido bastante tiránico.

Su nieto, Thomas, que su hija había dejado con ellos durante unos días, se había caído de una escalera al subir al granero, algo que a ella le supuso un buen susto aunque sin consecuencias. La piscina había volcado en pleno mes de agosto y con la casa repleta de invitados. Y Luc, que no se había enterado bien, había cortado el árbol de Júpiter, que todavía no había echado flores, en lugar del magnolio...

Me daba pena Solange. Éramos probablemente de la misma edad, y me acordaba de la primera vez que la había visto. Me había parecido guapa, afrontando la edad de un modo audaz y vistiéndose según las últimas tendencias en moda.

Sé que la cincuentena es un negociado que los hombres suelen llevar mejor que las mujeres. Cada mañana, el espejo nos restriega por la cara la de aquella que ya no somos. Cada arruga alrededor de los ojos subraya la huella de las noches que pasamos bailando, y no nos queda otra que sonreírle a nuestro reflejo mientras nos aplicamos, sin demasiada fe, un tónico antiedad.

Su historia debía de parecerse a tantas otras. Tanto que animan a las parejas a prepararse para la jubilación, cuando antes tendrían que prepararse para ese momento preciso en que los hijos se van de casa y les hace falta redefinir qué es lo que motiva a un hombre y a una mujer a seguir compartiendo sus días...

La librería ha desempeñado un papel fundamental en nuestro caso. Yo no habría aguantado durante mucho tiempo basando mis conversaciones con Nathan en saber si le había gustado mi manera de tapizar de nuevo la meridiana o de reacondicionar la habitación verde con unas hermosas cortinas de lana blanca de Marruecos.

Creo que toda mujer corre el riesgo de convertirse en Solange y que, más a los cincuenta años que a los treinta, necesitamos que nos reconozcan por lo que somos, ya que nuestros encantos femeninos no provocan el mismo efecto que antes a la hora de captar la atención de quien nos conoció en la plenitud de la vida.

Me he encontrado con mujeres bellísimas de edad madura, cuya belleza emana de que nunca ha dejado de ser ellas, impulsadas por una actividad al margen completamente de la de su marido.

Sé que habría podido convertirme en una Solange, y supongo que era esa conciencia la que alimentaba la compasión que sentía por aquella mujer. Una compasión bumerán: tenía que conseguir salvarla o, de lo contrario, su sufrimiento acabaría afectándome a mí.

—¿Le gusta la jardinería, Solange?

—Sí, por supuesto.

—Deje que se lo pregunte de otra manera: ¿le gusta la jardinería de la misma forma que una mujer le prepara la cena a su marido, que está a punto de llegar, y espera que la felicite por ello? ¿O le gusta trabajar en el jardín por propia voluntad, al margen de la valoración de Luc?

—No lo sé. Creo que me gusta realmente la naturaleza. Me pierdo en sus ramas y me dejo llevar con el viento. Me gusta apoyar la mano en la piedra de un murete que se ha calentado con el sol. ¡No hay nada más sensual para mí que una yema lista para eclosionar ante el empuje de la primavera!

—Sí, pero usted se refiere a la naturaleza, no al jardín. Un jardín es un universo cultivado en el que nada existe sin la intervención humana. El trazado de un jardín no es como el de la naturaleza; nace, en primer lugar, de la mente humana, guiado por su imaginación, modelado por sus manos. ¡No tiene nada que ver una cosa con la otra!

—Eso es cierto, tiene razón. Pero ¿por qué me lo pregunta?

–Porque pienso que si usted está así es porque se ha dedicado a cultivar un jardín para otros y se ha olvidado de ocuparse del suyo. Necesita encontrar los caminos de su jardín interior antes de podar aquellos por los que espera que se pasee Luc. Le sugiero que deje el libro de Gounelle y lea *My Dream of You*, de Nuala O'Faolain. Se lo presto, usted lo lee y, si le gusta, se lo compra.

–Hace muchísimo tiempo que no hago hueco para leer una novela... Pero me parece bien.

–Sí, concédase un tiempo solo para usted. Y no se justifique. Decídase a preparar una tetera grande y a pasar la tarde sin maquillarse, vestida con cualquier cosa, sentada en un canapé delante de la chimenea. Ya verá como es bastante agradable...

Aceptó mi propuesta.

Qué fácil es dejarse arrastrar por los deseos de los demás hasta el punto de no ser capaz de identificar los propios...

Yo le agradezco a Nathan que haya estado siempre pendiente de ese frente. Recuerdo que sabía hacerme determinadas preguntas en el momento justo: «Pero ¿a ti también te apetece? ¿Haces esto por mí o también por ti? ¿Y con qué fantasearás luego? Sabes que te querría igual si hicieses algo que te apeteciese a ti».

Cuando complacer al otro se convierte en un patrón de funcionamiento y no tanto en una elección plenamente consciente, es una trampa.

A cuántas mujeres he visto sacrificar su carrera y su vida personal para ocuparse de sus hijos.

Al principio, todo va bien. Los niños son pequeños y le muestran tanto cariño a su madre que el reconocimiento es permanente; luego, crecen y se vuelven más y más independientes. Entonces, la madre siente que ya no es más que un taxi o una criada.

Y, durante todos esos años, el marido ha ido forjándose una carrera por su cuenta.

Así que el despertar suele ser brutal.

En realidad, a esas alturas, hay preparada una factura invisible con todo aquello a lo que la mujer ha renunciado; y esta se la presenta a los que viven con ella, como si quisiese que saldasen la deuda.

Dado que todo se ha hecho mediante un acuerdo tácito, que nunca se ha verbalizado y se ha ido prorrogando, nadie entiende a qué viene esa reacción a destiempo. Para la que se ha olvidado de sí misma, supone un terrible descubrimiento caer entonces en la cuenta de que nadie le había pedido nada y de que ha sido ella y solo ella la que se ha encargado de construir un camino de amargura y de frustración imposible de compensar.

Y ya es demasiado tarde...

Yo creo que la regla de oro fundamental en el amor es que no debe hacernos sufrir. Nunca. Un amor que hace daño es una alerta roja para que nos alejemos de él lo antes posible.

Y creo que la segunda regla de oro es que no se debe amar a base de restas sino de sumas.

Cuando conocí a Nathan, le encantaba la montaña, cosa que a mí no. Me entra el pánico en cuanto hay una pendiente algo pronunciada, no me gusta verme ante grandes precipicios, algo que a él le encanta.

Muy pronto, empezamos a combinar momentos en los que Nathan se iba a la montaña solo o con sus amigos para no renunciar a su pasión, mientras que yo hacía cursos de yoga, que a mi marido no le interesan en absoluto.

En cambio, gracias a mí, ha descubierto el cine; y yo he descubierto de su mano el arte contemporáneo.

A veces, nos vemos obligados a llegar a un acuerdo, pero nos cuidamos mucho de hablarlo lo suficiente como para hacer de él una prueba de amor y no una imposición.

Un amigo sacerdote que acompañaba a muchas parejas en su preparación para el matrimonio consideraba que para que este saliese bien no había que olvidarse de usar tres palabras indispensables: «gracias», «por favor» y «perdón». «Gracias», para no dar nunca por descontado un gesto amable de la otra persona. «Por favor», para que las peticiones no pasen a ser órdenes con el tiempo. Y «perdón», porque somos incapaces de vivir toda una vida entera sin hacer daño..., así que es imprescindible disculparse.

Como Nathan es tan anticlerical como antimilitarista, no nos casamos; pero hicimos nuestros esos consejos, y podemos decir que no nos va mal del todo...

Solange volvió a la librería unas semanas más tarde con un ramo de rosas.

—Para usted. Vienen directas del jardín.

—Gracias. ¡Son magníficas!

—Sí, se llaman «Arthur Rimbaud». Un ramo ideal para una librera. Pero tenga cuidado, que pinchan.

—Qué emoción este detalle suyo. Ya dicen que la rosa no deja de ser hermosa por que tenga espinas...

—Gracias por los ánimos, porque tengo las piernas en carne viva por culpa de los rosales...

—¿Y qué me dice de *My Dream of You*?

—Tenía razón al sugerirme que me sumergiese en la vida de otra. Y también tiene razón Nuala O'Faolain: una mujer debe, en primer lugar, ser capaz de procurarse su propia felicidad si no quiere verse en una relación de dependencia afectiva respecto a su pareja. Es conmovedor ver que esta mujer termina aceptando el celibato como el estado que le permite un mayor desarrollo. No es que yo desee vivir sola, pero necesitaba pasar unos días a solas. Descubrir el punto de vista de otra mujer me ha permitido revisar el mío y salir del punto muerto en el que me encontraba. He seguido a pies juntillas su consejo: durante dos días, me he dedicado a leer y a volver a escuchar con los cascos puestos los discos de Pink Floyd que había dejado olvidados en el siglo pasado. Comí plátanos y algún que otro bol de muesli y, cuando llegó Luc, no había nada en la nevera. Así que nos fuimos al mercado de la Place aux Herbes, que hacía meses que él no pisaba.

–¡Genial! ¿La invitó a comer en una terraza?

–Ah, no. Todavía no hemos llegado a ese punto. Pero me gustaría quedarme un poco más en universos ajenos antes de regresar al mío. ¿Podría recomendarme algún otro libro? ¿Un libro típicamente femenino?

–¿Ha visto la película *Las horas*, de Stephen Daldry, con una banda sonora preciosa de Philip Glass?

–No.

–Entonces, lea *La señora Dalloway*, de Virginia Woolf. La película gira en torno a ese libro. ¡Y son dos obras maestras!

–Gracias. Se lo compro y aprovecho para pagarle *My Dream of You*.

Cuando me dio el dinero de los libros, me fijé en que la mano de Solange temblaba ligeramente.

–¿Solange, se encuentra bien?

–¿Me lo pregunta por mi mano?

—Sí. ¿Es algo reciente?

—Sí. Me pasa desde que tomo los antidepresivos que me recetó mi médico.

—Mire, yo no soy médico y tiene todo el derecho a no hacer caso de lo que le voy a decir porque esto es algo que no me compete en absoluto. De todas formas, creo que los antidepresivos pueden ser útiles para salir de crisis fuertes, seguramente, pero, en otros casos, generan una especie de insensibilidad que nos impide estar realmente en sintonía con lo que de verdad deseamos, y, por lo tanto, llevar a cabo los cambios necesarios para alcanzarlo. ¿No le parece que le convendría más en este momento tener la mente despejada, por muy difícil que sea, en lugar de resignarse a vivir entre brumas? Como dicen los niños: «Como lo pienso, lo digo». Haga lo que considere, pero puede que Virginia Woolf le ayude a ver su situación de otra forma.

Cuando le conté lo sucedido a Nathan, me reprochó que hubiese ido tan lejos.

—Venga, Nathan, ¡tú ves perfectamente en nuestro entorno que los que toman antidepresivos acaban enganchados y rara vez consiguen resolver el problema inicial!

—No te digo que no, ¡pero eres librera, no médica!

—La alternativa era que fueses a hacerle un poco de caso, ¡pero prefiero tenerte solo para mí!

Mi experiencia, tanto en calidad de lectora como de librera, me permite corroborar que los libros curan más en profundidad que los antidepresivos. Ellos son los que consiguen despertar en nosotros las ganas de vivir. Nos provocan sacudidas internas que luego pueden hacernos poner en marcha. Es tan íntima la relación entre un lector y un libro... Mientras uno lee, goza de libertad absoluta para hacer resonar las palabras que tiene ante sí y dejar volar su imaginación. Es libre de pararse en una expresión, de recrearse en una frase, incluso de quedarse dormido. Algunas palabras son tan amorosas como un almohadón de plumas, otras se muestran agrestes como la tierra. Los libros son capaces de hacer desaparecer los barrotes de las prisiones. Literal y figuradamente.

Jean-Paul Kauffmann, que estuvo secuestrado durante tres años en el Líbano, declaró que había sobrevivido gracias a dos libros que le habían entregado sus carceleros: la Biblia y *Guerra y paz*, de Tolstói, que leyó veintidós veces.

En una entrevista con Jean-Claude Raspiengeas, periodista de *La Croix*, Kauffmann explicó que el día que recibió la Biblia de manos de quienes lo tenían preso, tuvo la impresión de que el Cielo le enviaba una balsa que iba a sacarlo de su cautiverio.

En *La maison du retour*, que escribió en 2007, dice: «Más que la literatura, me salvó la lectura. Las palabras me bastaban, constituían para mí una presencia. Eran mis cómplices. Venían del exterior en mi ayuda. Al fin, podía contar con un apoyo de fuera».

A decir verdad, los médicos deberían hacerles a sus pacientes una receta para la farmacia y una recomendación para la librería.

Cuando volví a ver a Solange, la acompañaba su marido.

Estaban sentados al sol otoñal en una mesa en la terraza de La Fille des Vignes, un pequeño restaurante junto al cine en el que hacen una sopa *bun bo hue* excelente y unos postres exquisitos. Se la veía sonriente y parecía de buen humor; en cuanto me vio pasar, me llamó.

–¡Nathalie! Venga a tomar algo con nosotros.

–No puedo, tengo que abrir la librería. ¿Qué tal?

–Bien, mucho mejor. Luc, aquí tienes a la persona gracias a la cual entiendes de árboles frutales.

Luc sonrió al tiempo que hizo una mueca:

–Hay que decir que, si no fuese por mí, no habríamos plantado nada. Solange estaba demasiado absorta en la lectura de *La señora Dalloway*.

Le sonreí a Solange.

–¿Qué tal con la señora Dalloway?

–No quiero parecerme a ella ni por asomo. Hablando en plata: ¡me ha dado un buen coscorrón haciéndome leer ese libro!

–Esa era más o menos la idea... Y tengo otro para que lea: *Niágara*, de Joyce Carol Oates. Un maravilloso destino femenino...

–Genial, ya lo leeré. Pero con una condición...

–¿Cuál?

–¡Que venga un día a tomar el té en nuestro bonito jardín!

–Trato hecho.

Nos hemos hecho amigos de Luc y de Solange.

En realidad, Luc era perfectamente capaz de entender los deseos de su mujer, pero faltaba que ella los expresara.

Antes, él iba un paso por delante y marcaba tanto el ritmo como el rumbo de sus vidas. En la actualidad, tienen una relación más equilibrada.

Luc agradece no cargar siempre con la responsabilidad de una decisión, y, al mismo tiempo, descubre en Solange iniciativas que no habría imaginado en ella. Así, se encargó de organizar hasta el más mínimo detalle de una escapada a Irlanda a la que nos apuntamos con la intención de conocer los jardines más bonitos del sur de la isla.

Sin duda, Solange tiene mano para las plantas.

Su jardín es magnífico. Desde que se dedica a él por gusto y no por los demás, le ha dado un giro desenfadado.

Mezclando con total libertad las plantas ornamentales y las especies que normalmente se ven restringidas al huerto, se ha librado de los espacios acotados. El caminito de alcachofas que serpentea a los pies de los árboles de Júpiter está muy logrado, al igual que las acelgas que crecen en montículos bajo los olivos.

Nathan y Luc juegan a ver quién descubre a un nuevo viticultor en la zona, y debo admitir que eso da lugar a veladas en las que el vino corre...

A menudo, quedo con Solange durante la semana para una comida de mujeres o para ir al cine.

Nos une una bonita complicidad. No sé por qué hay comidas de mujeres y no de hombres... Será que sabemos compartir nuestras intimidades con más facilidad y el cuerpo nos pide ese tipo de encuentros reconfortantes, liberadores. Con Solange, hablo de temas que no tocaría con Nathan. Y no porque sean banales, sino porque pertenecen al plano emocional o sentimental, que no es que sea el terreno de mi marido...

A veces, las conversaciones que tengo con ella me proporcionan argumentos más agudos ante Nathan. Tiro de estas charlas para hacer frente a mi marido con las opiniones coherentes y la seguridad de las que carezco.

Entonces, Nathan se da cuenta y me suelta un: «¡Tú has ido a comer con Solange estos días!». Y muchas veces lleva razón...

Uzès es un buen sitio para hacer amigos, ya que los que se mudan aquí no vienen para aparentar sino para ganar en tranquilidad y en profundidad. Esta no es una zona dada a las trivialidades.

Por mucho que la relación con los amigos de la infancia se vea enriquecida por el hecho de compartir una larga trayectoria en común, las amistades tardías no cargan con lastres del pasado y, a medida que avanzan, nos permiten mostrar quiénes somos realmente llegados a la madurez y con la experiencia de un recorrido vital en el que puede que haya habido malos momentos, pero ya son historia antigua.

Me he dado cuenta de la ventaja que supone esta especie de virginidad gracias a la amistad que ha ido creciendo entre Solange y yo.

Philéas

Aquella mañana, hacía muy buen tiempo. El día se anunciaba alegre, más que nada porque Élise, que estaba pasando unos días en casa, había quedado en encontrarse conmigo para comer en La Famille, el pequeño restaurante que habían abierto recientemente al lado de la librería. Nathan creía que eran los campeones del mundo de las patatas fritas, menos mal que en su carta había algo más que eso...

Tengo «mi» mesa favorita en las arquerías de la Place aux Herbes, que me permite contemplar la luz de la librería resplandeciendo como un faro al fondo del paseo.

Por desgracia, la primera parte de nuestra comida no se estaba pareciendo demasiado al encuentro madre-hija que yo esperaba. Llevábamos media hora sentadas a la mesa y aún no había conseguido entablar una conversación fluida con Élise, que no paraba de mirar los múltiples avisos que le llegaban al teléfono.

Temiendo ponerla en mi contra, consciente de que nuestras discusiones podían fácilmente volverse peliagudas, tardé en dar con las palabras adecuadas. Al cabo de unos minutos, decidí lanzarme acompañándolas de una sonrisa:

--No sabía que seríamos tantos para comer...

--¿Por qué lo dices?

--Porque es evidente que has invitado a todos tus amigos a que se unan a nuestra comida. Me da la impresión de que no hago más que cortarle la palabra a tu teléfono, que parece que tiene cosas importantes que decirte.

–Mamá... –empezó a decir Élise, entre exasperada y divertida.

–¿Mamá, qué? ¿Acaso me equivoco? Si tienes que solucionar algo urgente, sabes que puedo esperar un poco.

Élise sonrió de oreja a oreja, dejó el teléfono boca abajo sobre la mesa (no lo guardó, no) y asintió.

–Tienes razón. Eso puede esperar. ¡Soy toda tuya!

Nada más traernos los platos, empezó a contarme cuánto deseaba marcharse a Melbourne, en Australia, para conocer la cultura aborigen y aquella peculiar manera suya de pintar, de esculpir, de convertir sus obras de arte en grandes fases de un diálogo entre los humanos y el resto de las formas vivas. Hizo un alto para volver a coger el teléfono, aunque, en este caso, me lo pasó a mí:

–¡Mira qué bonito!

En la pantallita me encontré con unas obras extraordinariamente coloridas, típicas del puntillismo.

–Este artista solo pinta con pigmentos naturales, ¿ves?

–¡Es maravilloso! –Y no pude evitar añadir–: Pero qué lejos está Australia...

–Ya volveré. No sé cuándo, pero volveré. O vendréis a verme vosotros... Además, podemos hablar por Zoom.

«Ajá, esa era la cuestión», pensé. El pájaro no solo había volado del nido, sino que, además, era un pájaro migrante. Como el gaviotín ártico, que bate récords de distancia recorriendo casi setenta mil kilómetros del planeta al año. Dicen que, en treinta años de vida, el gaviotín recorrería el equivalente a tres viajes de ida y vuelta de la Tierra a la Luna. Cuando Élise me hablaba de Australia, a mí me sonaba un poco como si estuviese a punto de marcharse a la Luna.

–Mi vida, es un proyecto bonito. Entiendo las ganas que puedes tener de hacerlo. Y es cierto, está Zoom...

Al ver que se me llenaban los ojos de lágrimas, Élise se levantó de la mesa y vino a darme un abrazo.

–Te quiero, mamá.

–Y yo a ti, Élise.

No deberíamos decirles «te quiero» a las personas que queremos solo cuando se marchan, sino también cuando llegan...

Me vienen a la cabeza las palabras de Romain Gary en su libro *Próxima estación, final de trayecto*: «Vivir es una plegaria a la que solo el amor puede dar respuesta». Me gusta esa idea del amor como camino, como lenguaje, como herramienta básica y fundamental para transitar por la vida. El amor es una navaja suiza que nos abre todas las puertas, disipa las brumas, ilumina las noches demasiado oscuras.

Cuando estoy a punto de apagar la luz, pienso en la comida con Élise. En ese tercer invitado que me habría gustado que fuese más silencioso, pero que le ha permitido también a mi hija mostrarme las pinturas aborígenes que la fascinan. Qué frágil es un equilibro así. Y qué compleja esta vida en la que tenemos que responder constantemente a requerimientos ajenos. La cuestión no son tanto los aparatos sino el uso que les damos. En cierto sentido, un teléfono móvil es también una navaja suiza con infinitas capacidades.

El universo del papel se ha visto desplazado por las aplicaciones del digital, y yo me pregunto muchas veces qué habría sido de las palabras y de las ideas de los escritores que me encantan si hubiesen vivido en este siglo. ¿Habrían escrito de otra manera? ¿Habrían escrito algo distinto? ¿Serían activos en las redes sociales? ¿Sus ideas lo habrían tenido más fácil a la hora de trascender fronteras? ¿O, por el contrario, se habrían negado a bajar a ese barro, tan cruel en ocasiones?

Cada día de mi vida como librera es diferente al anterior, pero, aun así, hay algunos que son excepcionales.

Aquella mañana, en la puerta de entrada a la librería, me esperaba un papel pegado por el lado de dentro del cristal:

> Señora, no se asuste. Estoy en la librería, pero no quiero hacerle ningún mal.
>
> Philéas Charas

La puerta estaba cerrada a cal y canto.

Crucé el umbral de la puerta sin tenerlas todas conmigo a pesar de que me invitaban a hacerlo. Encendí la luz, y a punto estuve de gritar cuando descubrí, tumbado delante de la estantería dedicada a la Historia, a un hombre de unos cincuenta años, vestido como un explorador, con un chaleco y un pantalón lleno de bolsillos. Se había sacado los zapatos de senderismo, y se le veía una uña gorda a través de un agujero en su calcetín izquierdo. El visitante estaba dormido; tenía la cabeza apoyada en una mochila con las correas de cuero y muy gastada por el tiempo –saltaba a la vista–. Se había quitado sus gafitas redondas, que había dejado sobre un libro de Gaston Chauvet: *Uzès. En parcourant ses venelles, ses places et sa campagne.* Aquel libro era una rareza escrita por un enamorado de Uzès.

Carraspeé tratando de despertar al intruso, pero su sueño era tan profundo que ni se inmutó.

—¡Señor! ¡Eh, señor!

Mi llamada fue infructuosa. Podía ver cómo su pecho subía y bajaba con regularidad bajo sus manos cruzadas. Al acercarme a él y tocarle el hombro, se levantó de repente dando un brinco; no sé cuál de los dos se asustó más, si él o yo. Se puso las gafas y se colocó el chaleco, como si se pusiese en guardia, y me cogió la mano para besármela.

—Mis respetos, señora. Philéas Charas. Entiendo que le debo una explicación.

—Buenos días, señor Charas. Entiende usted bien...

—Soy historiador, etnólogo, especialista en farmacia y magia.

Lo había dicho con toda la solemnidad, serio, pero no pude evitar contestarle con una sonrisa:

—Estoy realmente impresionada. ¿Y tendría a bien explicarme qué truco de magia ha utilizado para entrar en mi librería en plena noche?

—No hay nada mágico en eso, señora. Pasé por el sótano.

—¡Por el sótano! Pero si no hay acceso al sótano desde el exterior.

—Sí, y se lo voy a enseñar. Para serle sincero, después de descubrirlo, ayer no fui capaz de dar con la salida. Y esa es la razón de que haya abusado de su hospitalidad sin habérsela solicitado.

Desconcertada, bajé al sótano en el que solía acoger a los autores cuando organizaba encuentros con lectores.

Como si de un adiestrador de perros se tratase, Philéas Charas extendió pomposamente el brazo cara a la pared del lado este. Allí, en el medio mismo del viejo muro de piedra, se había abierto un agujero enorme y oscuro por el que bien podía pasar un hombre.

Philéas encendió su linterna; entonces, vi un pasillo adoquinado, excavado en la propia roca, que se perdía en las profundidades de la tierra.

—Señora, el subsuelo de Uzès es un auténtico gruyer, ¿sabe? Hay numerosas salas abovedadas que se comunican a veces mediante un laberinto de pasillos. Existen comunicaciones subterráneas que no tienen nada que ver con las que nos encontramos en la superficie. Por ejemplo, puede darse el caso de casas de propietarios diferentes pero con sótanos comunes... sin que ellos lo sepan. Yo mismo he venido siguiendo estas galerías desde el Eure.

—¿El riachuelo o la región?

—¡Desde su nacimiento, señora! Desde la fuente de Uzès que abasteció a Nimes en época romana.

—Pero ¿cómo lo ha conseguido?

—¡Ucetia y su maravillosa fuente! Hablamos del nacimiento del Eure, pero, en realidad, de este valle de las maravillas manan una decena de fuentes naturales. Sin ellas, sin Ucetia, no existiría lo que hoy llamamos Uzès. ¿Sabía que Ucetia es un nombre de origen celta? ¿Y sabía que los celtas, los visigodos, los vándalos, los sarracenos arrasaron con sus invasiones las maravillas que habían construido los galorromanos?

Philéas se encendía, haciendo grandes aspavientos con los brazos, profundamente afectado por las invasiones que habían destruido Ucetia.

Sin darme tiempo a responder, volvió a la carga:

—Por suerte, el renacimiento carolingio vino a devolverle su esplendor al hermoso Uzès. Elzéart, Decan I y, sobre todo, Bermont I amaron este pueblo. De hecho, fue este último quien mandó construir la torre cuadrada.

–Siento mucho interrumpirlo, pero eso no explica cómo ha llegado usted aquí.

–Mi querida señora, ¿se ha fijado en la cantidad de pozos que hay en los patios o en las antiguas cocinas de los palacetes? La mayoría desembocan en canales alimentados por el Eure. Y esa red en su conjunto forma un laberinto, y en él me perdí, pero me trajo hasta usted. Mire, yo no creo en las casualidades: es una señal que haya visto luz en una librería, lugar de la sabiduría y la cultura. Los libros son el alimento de los eruditos, y, lo que es más importante, usted es una mujer... ¡Toda una señal!

El hombre no tenía pinta de ser peligroso, pero sí un poco iluminado. Sin embargo, aunque enfatizaba mucho al hablar, por lo poco de la historia de Uzès que yo conocía, tenía que admitir que no se estaba inventando nada: era todo cierto.

–¿Y de qué es señal?

–¡De la princesa Dhuoda, gran dama del siglo IX! Usted es su descendiente espiritual.

–Disculpe, pero no la conozco.

–«Te conmino a ti, ¡oh, hijo mío, Guillaume!, a no dejarte arrastrar por las preocupaciones mundanas de esta era y a procurarte un gran número de obras a través de las cuales puedas aprender a conocer a Dios de mejor manera que la que tuve yo en este manual que ahora te lego». Es un extracto del *Manual para mi hijo*, la primera obra escrita por una mujer. ¡Y en Uzès! Era la mujer de Bernardo de Septimania, una gran dama muy mal tratada por su marido, que la exilió en Uzès y la privó de la compañía de sus hijos. Escribió ese manual para el mayor, con el objetivo de transmitirle todo lo que no podía de viva voz.

He de decir que me resultaba un tanto perturbador saber que la princesa y yo teníamos un hijo que se llamaba igual. La historia de aquella dama a la que habían separado de su progenie contra su voluntad me sorprendía y también me recordaba la conversación que había tenido con mi hija en relación con su proyecto de marcharse a Australia.

Entonces, una chica llamó suavemente en la cristalera. Con tantas emociones, ¡se me había olvidado abrir la librería!

–Señor Charas...

–¡Llámeme Philéas!

–Philéas, lo siento mucho, pero me veo obligada a dejarle para abrir la librería. Es una verdadera lástima porque me apasiona su historia.

–Faltaría más, señora. Si me permite, voy a aprovechar para asearme un poco en un momento. Y, para que me perdone, la invito a comer. Que no se me olvide hablarle de Moyse Charas, mi antepasado...

Lo había dicho abriendo mucho los ojos y con un tono tan misterioso que, de pronto, me entraron ganas de que diesen ya las doce para encontrarme con mi explorador de las profundidades.

Quedé con Philéas en la cafetería Suisse d'Alger.

La dueña del restaurante, con la que tenía trato, se hizo la sorprendida y adoptó un tono de burla amable al ver al comensal con el que compartía yo mesa.

Philéas se había engominado el pelo y se había recortado la perilla. Había cambiado su atuendo por un traje de tres piezas de *tweed* escocés con una pajarita roja. Las perneras del pantalón eran demasiado cortas y dejaban al aire unos calcetines que hacían juego con la pajarita. Los zapatos, inmaculadamente abrillantados, parecían salidos de una tarjeta comprada en tiempos de la Tercera República.

Pedimos dos tayines, y empezó con su historia:

–Soy descendiente de Moyse Charas. Mi antepasado nació y creció en Uzès. Cursó estudios de apotecario antes de inventar, en 1667, un antídoto muy usado en el siglo XVII: la triaca. Antoine d'Aquin, primer médico del rey Louis XIV, se fijó en él, y se fue a París. En 1676, publicó una *Pharmacopée royale galénique et chimique*, traducida luego a muchas lenguas, ¡hasta al chino!

–Es fascinante... ¿Y qué quiere decir «galénico»?

–La fórmula galénica se refiere a la manera en que los principios activos se convierten en medicamentos, con su correspondiente posología.

–Ah...

–Para librarse de las persecuciones que sufrieron los protestantes, mi antepasado dejó Francia y se instaló en Gran Bretaña, donde se hizo médico para luego irse a Holanda y acabar en Madrid. Pero lo denunciaron ante la Inquisición. Lo tuvieron preso un año, ¡y sobrevivió únicamente porque se convirtió al catolicismo! Entonces, regresó a Francia y llegó a ser miembro de la Academia de las Ciencias, especializándose en las víboras y las propiedades de su veneno.

–¿Y luego, qué? ¿Qué tiene eso que ver con sus investigaciones en el Uzès bajo tierra?

–Todo llegará, todo llegará... Imagínese que, un buen día, Antoine d'Aquin le confiase a la reina que estaba trabajando con mi antepasado en un elixir de la vida y que esta investigación se realizase en el mayor de los secretos, y con la participación de un médico del papa, en un laboratorio subterráneo de Uzès. Uzès era un pueblo peculiar: no solo era el primer ducado de Francia, lo que le otorgaba un estatus particular en la Corte, sino que también era el obispado más próximo a Aviñón, la residencia de los papas antes del Gran Cisma de Occidente. Había, pues, unos corredores que comunicaban el castillo ducal, la torre real y la torre episcopal. Gracias a ellos, se podía acceder al laboratorio en el que trabajaba mi antepasado. Tanto arqueólogos como historiadores conocen esos pasadizos secretos, pero nunca han mencionado una sala lo suficientemente grande como para realizar experimentos en ella. Fue mi amigo el conservador del palacio de Versalles quien descubrió una carta de la reina dirigida a D'Artagnan. Estaba lacrada con un sello que no dejaba lugar a dudas sobre su remitente. En esa carta, ella le preguntaba si le puede volver a llevar el famoso elixir. Una misiva que no llegó a ser enviada, ya que D'Artagnan fue conminado de urgencia por el rey a unirse a las tropas que luchaban contra los holandeses y murió durante el sitio de Maastricht. Dado que en el pliego cerrado se mencionaba a Moyse Charas y Uzès, mi amigo consideró que podría interesarme. Y fue así, buscando ese célebre laboratorio, como descubrí un ingenioso sistema que da acceso a pasadizos secretos como el que me llevó hasta su librería.

–Increíble. ¡Menuda historia!

–¡Ojo! Confío en que no le cuente nada de esto a nadie. Si se corre la voz, nos arriesgamos a que una tromba de arqueólogos y otros historiadores de pacotilla irrumpan al momento en esos espacios. Y le pido también que me prometa una cosa importante: que no entrará nunca en el pasadizo secreto que sale de su librería.

Me puse lo más seria que pude y prometí:

–No pienso decir nada. Pero, si encuentra el elixir, quiero ser la primera en probarlo.

–Veo que se lo toma a broma, señora. ¡Que sepa que mi antepasado era además alquimista! Nunca se sabe, a lo mejor doy yo también un día de estos con el mecanismo para producir oro. En ese caso, me comprometo a ir a medias con usted; podrá cerrar la librería y vivir de rentas.

–Ni hablar. ¡No cerraría mi librería ni por todo el oro del mundo!

Philéas me pidió permiso para volver al sótano y seguir con sus investigaciones. Me picaba la curiosidad por conocer el resto de la historia, así que consentí entusiasmada.

Desde que llegué a Uzès, no ha dejado de sorprenderme lo orgullosos que sus habitantes se sienten de su historia y de su patrimonio. Algunos vestigios de ese pasado glorioso dan lugar a veces a simpáticas manifestaciones. Por ejemplo, cuando el duque de Uzès se encuentra en su castillo, se iza en la punta de la torre más alta un estandarte con los colores de la familia. En ese caso, es habitual ver salir un coche negro con los cristales tintados luciendo su escudo de armas –en unos blasones de colores tan fuertes como los que gasta Philéas, del que, a partir de ahora, me acordaré siempre que lo vea aparecer– conducido por un chófer con gorra de plato.

Philéas pasó varios días en los sótanos y galerías de nuestro hermoso ducado. Hasta que, una tarde, se plantó ante mí y sacó un papel del bolsillo mientras adoptaba un gesto teatral:

–Estimada señora, voy a plantearle una doble adivinanza: ¿quién escribió este texto y cuál es, pues, el país del que nos habla el autor? «Sabrá usted que en este país apenas se dan amores mediocres. Todas las pasiones son en él desmedidas, y las almas de este pueblo, bastante ligeras en otras materias, defienden con más ahínco sus inclinaciones que en ningún otro país del mundo. Sin embargo, a excepción de tres o cuatro personas hermosas, aquí no se hallan más que bellezas muy comunes. La suya es de las mayores; y fue él quien me la señaló hace poco en una ventana, al volver de la procesión, pues es ella hugonota, y carecemos nosotros de bellezas católicas. Vino así hablándome de ella largo y tendido. Me mostró cartas, discursos, unos versos incluso, pues creen ellos que sin tales no sabría el amor conducirse. Mas preferiría yo hacer el amor en prosa buena que en versos ruines; pero no se deciden a intentarlo, y quieren ser poetas al precio que sea. Para mi desgracia, creen que soy uno de ellos y me hacen juez de sus obras. Creerá que no me queda poco que sufrir: ¿cómo, teniendo las orejas abatidas de tanta cosa mala, podré obligarme a decir que son buenas? He aprendido a contenerme un poco y a hacer muchas reverencias y cumplidos, muy de moda en este país».

Philéas se mostraba satisfecho de sí mismo.

—Conozco perfectamente esas cartas. Son las de Racine. ¿Y se supone que los halagos son para mí?

El historiador se puso colorado...

—Sin duda, si yo fuese Racine, la habría colocado entre las primeras a las que hace referencia.

La mención a Racine me hizo pensar en el día en que conocí a Arthur, y no pude resistir la tentación de poner a mi simpático explorador en un brete:

—Gracias, Philéas. Y, dígame, ¿alguna vez mira las estrellas o se pasa las noches en los sótanos de esta región?

—¿Está de broma? ¡Miro el cielo cada noche!

–Entonces, se habrá fijado en cuántas estrellas se veían anoche.

–Sí, el cielo estaba precioso.

–Exacto. Digno de las palabras que su amigo Racine escribió en este mismo lugar: «Nuestras noches son más bellas que sus días...».

–¡Siempre, mi querida Nathalie!

–Pero volvamos a lo que nos ocupa. ¿Ha encontrado algo interesante en sus excursiones subterráneas?

–Puede... –Había vuelto a adoptar su aire misterioso–. ¿Sabía que, antes de 1629, Uzès estaba protegido por murallas y que fue Luis XIII quien, tras entrar en el pueblo por una brecha que había en ellas, ordenó derribarlas para que Uzès estuviese siempre abierto a la corona de Francia y, por lo tanto, a la religión católica?

–¡Por una vez me coge con la lección aprendida! –le respondí con guasa.

–Pues resulta que las murallas tenían puertas. Cuatro, para ser exacto. Y acabo de encontrar el que debía de ser el acceso a una de ellas, con un pasadizo subterráneo que iba a dar fuera del pueblo. Es raro, ¿no le parece?

–Muy raro. ¿Y?

–Y... nada. Pero ya es algo de gran interés.

–Bueno, yo sigo esperando el elixir. Van pasando los días, imagínese que me hago vieja...

Philéas, consciente de que estaba de broma, iba aprendiendo a no tomarse mis comentarios al pie de la letra.

En otra ocasión, surgió de las entrañas de la tierra tan emocionado que se le olvidó que estaba en una librería en la que entraban clientes.

–¡Nathalie! ¡Mire! He encontrado decenas de tarros llenos de serpientes.

La señora que tenía delante, a la que apenas conocía, me miró con cara de desaprobación cuando Philéas irrumpió con el dichoso tarro, en el que flotaba una víbora.

–No se preocupe, señora. ¡No hay peligro de que la pique!

Philéas había caído un poco tarde en que yo no estaba sola.

En cuanto se marchó la clienta, el explorador me contó que había encontrado un nuevo muro flotante que le había permitido acceder a una pequeñísima estancia forrada de estanterías con tarros que contenían serpientes.

No me dan miedo los reptiles, pero no pude evitar sentir un escalofrío.

Cuando volví a casa, le hablé a Nathan del nuevo descubrimiento de Philéas. Nathan había ido siguiendo aquella historia desde la distancia y estaba convencido de que me había encontrado con un chalado.

Con todo, tuvo que admitir que lo que decía Philéas estaba contrastado y que en sus explicaciones había auténtico rigor histórico.

Nathan quería que diese parte de las excavaciones de Philéas a los servicios del Ministerio de Cultura, pero le había dado mi palabra y me negué en redondo. Philéas no era una amenaza para nadie. Su «árbol de libros» debía de ser muy diferente al mío, pero no por ello menos rico. Puede que menos grácil, aunque más denso.

Aun así, Nathan insistió en acompañarme a ver la entrada del pasadizo subterráneo. Yo era consciente de la promesa que había hecho, pero también quería compartir con él aquella aventura, así que decidí llevarlo de expedición el domingo por la mañana.

Al romper el día, cuando los rayos de sol empiezan a iluminar las copas de los árboles, preludio del estallido azul del cielo invernal, la Place aux Herbes guarda silencio. Los únicos que no respetan el descanso dominical son los estorninos en sus ramas. A pesar de que hay quien se queja de que hay demasiados, a mí me gustan esos pájaros, con las bandadas que forman y dando la impresión de conversar con alborozo. Me imagino que, por la mañana, se cuentan sus sueños nocturnos.

Abrí la puerta de la librería cuidándome mucho de que nadie nos viese, y Nathan se burló de mí:

–Deberíamos habernos puesto unos pasamontañas negros para que no nos reconozcan.

Cada mañana, me reencontraba con el olor de «mis» libros y con la dicha de verme rodeada de mis amigos en papel, inmóviles, fieles y silenciosos hasta que les llegase la hora de que los abriesen...

Para no llamar la atención, decidí encender solamente las luces del sótano.

Hace unos días recibí en él a Bernard Werber, cuyos relatos tanto me gustan. Es un chico gracioso y generoso, y se metió al público en el bolsillo guiándonos para que descubriésemos nuestras vidas pasadas mediante lo que llama una «hipnosis regresiva». Menos mal que Nathan no estaba esa tarde. Su espíritu cartesiano lo hace impermeable a ese tipo de propuestas.

Sin embargo, el autor del célebre libro sobre *Las hormigas* y de la extraordinaria *La prophétie des abeilles* no bromeaba cuando nos aseguró que había vivido ciento once vidas, entre las que destacaban, por apasionantes, la de arquero en la Edad Media, la de samurái en Japón o la de mujer integrante de un harén, en el que se moría de aburrimiento y donde su mejor amigo era un eunuco.

A veces, la vida da unas vueltas curiosas: yo había recibido a un novelista que nos proponía un viaje en el tiempo, y he aquí que Philéas estaba a punto de patear el subsuelo de Uzès, junto con las profundidades de la historia de nuestro pueblecito, convencido de que yo era la heredera espiritual de la princesa Dhuoda. Había aprendido que la hipnosis parte del consentimiento que el «paciente» da a quien la lleva a cabo. Solo entonces queda despejado el camino, de la misma manera que un guía de montaña encabeza la marcha por el sendero para garantizar la seguridad del excursionista. Porque ¿acaso no les debemos a menudo nuestros mayores descubrimientos en la vida a las personas en las que hemos confiado a la hora de dar el primer paso?

Al penetrar en la galería algo húmeda que se hundía bajo tierra, me fijé en que Philéas había tendido a lo largo de las paredes unos cordeles de colores que le ayudasen a encontrar el camino de vuelta. Cada uno de ellos iba en una dirección.

Seguimos el cordel azul turquesa, equipados como estábamos con linternas frontales. A veces, el techo se hundía, y Nathan a punto estaba de golpearse contra él. Aunque no soy miedosa, he de admitir que no las tenía todas conmigo. Al cabo de unos minutos, le dije con un hilo de voz:

–Deberíamos dar media vuelta...

–¿Segura?

Como dos niños que saben que están siendo desobedientes, vi que Nathan me hacía un gesto interrogativo pero seguía andando. Y así llegamos a la estancia que contenía los tarros. A Nathan lo impresionaron mucho y también lo asustaron, tanto que quiso marcharse de inmediato.

Me fijé en que cada tarro tenía su respectiva inscripción en latín. Me quedé con una que decía: AMRI SI FARI SI RESTINGO.

–¡Venga, Nathalie, que nos vamos!

Siguiendo con la mano el hilo azul para dar con el camino, Nathan se dirigió rápidamente hacia la salida. Cuando salí de la pequeña estancia, me vi sorprendida porque el muro se cerró tras de mí sin que yo tocase nada. Nada de todo aquello era lo que se dice tranquilizador, y me apresuré a reunirme con Nathan, cuya linterna iluminaba los muros. El pasadizo que daba al sótano de la librería y gracias al cual nos habíamos internado en las galerías se cerró a mi paso una vez más.

Me pregunté si no habríamos cometido un error...

Cuando Philéas volvió el lunes, estaba emocionadísimo con la idea de ponerse a explorar el acceso a la estancia de las serpientes.

Al llegar al subsuelo, lo oí gritar:

–¡Nathalie! ¡Venga a ver! El muro se ha cerrado.

Philéas parecía absolutamente contrariado al constatar tal cosa.

Me fastidiaba, pero no podía ocultarle que le habíamos desobedecido... Me miré fijamente los pies, como una niña que no se siente muy orgullosa de lo que ha hecho.

–Tengo que contarle algo, Philéas. Ayer, mi marido quiso ver el famoso subterráneo y lo llevé. Pero, al salir, los muros se cerraron. Espero que no sea muy grave... Sabe volver a entrar, ¿verdad?

–Sí, tendría que encontrar otra vez el camino partiendo del Eure, pero no es eso lo que me preocupa... Nathalie, ¡me lo había prometido!

Philéas tenía el dedo levantado, aunque sonreía como un padre indulgente.

–Lo siento muchísimo, Philéas. ¿A qué teme que se deba?

–Se lo diré si mi hipótesis se confirma.

–Tengo otra pregunta: ¿qué quiere decir «*amri si fair si restingo*»?

–Es una fórmula mágica para pedir que no nos ocurra nada malo. ¿Por qué?

–Estaba escrita en uno de los frascos que contenía una serpiente.

–Entonces, ha funcionado: ¡aquí está usted!

Philéas volvió dos días después.

–Vengo a despedirme de usted, Nathalie. Mi investigación ha terminado.

–¿Ah, sí? ¿Ha encontrado el laboratorio?

–No, y me temo que, a no ser que traiga unas excavadoras y ponga todo Uzès patas arriba, no lo encontraré nunca. Y menos mal que estaba con su marido cuando entró en el subterráneo. ¡Si no, se habría quedado sepultada viva en el subsuelo de este bonito pueblo!

–¿En serio? Pero ¿qué hicimos?

–Nada grave, pierda cuidado. Muy al contrario: ustedes han confirmado una hipótesis que los científicos contemporáneos no habían podido comprobar. A eso, se le llama «el perfume de Adán».

Philéas me explicó a continuación el alcance de dicho descubrimiento: según la leyenda, los alquimistas del siglo IX habrían encontrado una sustancia susceptible de ser evaporada en un recinto con el objetivo de detectar una presencia femenina. Dicha sustancia habría sido utilizada por los monjes copistas encargados de transcribir la Biblia para que ninguna mujer tuviese nunca acceso a las Sagradas Escrituras. El perfume de Adán llevaba asociado un mecanismo terrible, ya que la sustancia recubría una cuerdecilla que se consumía si una mujer entraba en la estancia prohibida. Ese ingenioso sistema permitía retener a la lectora indeseada hasta que acudiesen los monjes.

Con gesto apesadumbrado, Philéas terminó diciendo:

–Cuentan que varias mujeres fueron quemadas por desobedecer.

–¡Qué horror! Pero, siendo así, ¿por qué no me quedé encerrada?

–Porque el perfume de la mujer es neutralizado si un hombre la acompaña. El equipo de trabajo de mi antepasado tuvo que usar ese recurso, dado que en él había un representante del papa que debía de estar en posesión de la fórmula.

–Lo lamento muchísimo...

–No se preocupe, Nathalie. Ha sido una bonita aventura. Y he de admitir que no tenía mucha fe en ese elixir de vida. A fin de cuentas, si hubiese existido, ¡todavía seríamos súbditos de Luis XIV! Voy a continuar con otras líneas de investigación, ya que me ha permitido comprobar que el perfume de Adán no es una leyenda. Eso vale su peso en oro, ¡y se lo dice el descendiente de un gran alquimista!

Para que me perdonase, le regalé a mi Sherlock Holmes de las profundidades *El perfume*, de Patrick Süskind, una increíble investigación policial en el universo de los aromas, cuyo personaje principal dicen que está inspirado en Juan María Farina, el perfumista italiano que inventó el agua de colonia.

—Querido Philéas, estoy convencida de que, si encuentra la receta del perfume de Adán, será tan famoso como Farina. ¡Y no me cabe duda de que Patrick Süskind querrá conocerlo!

Cerré la puerta de la librería y sentí una gratitud inmensa hacia Philéas. ¿Cuánta gente hay viviendo puerta con puerta con nosotros sin que conozcamos sus increíbles historias? Personas que pertenecen a universos muy diferentes al nuestro y que, a nada que nos interesemos en ellas, están dispuestas a compartir con nosotros un pasaje para descubrir su Nuevo Mundo.

Por la noche, al volver a casa, se me escapó la risa intentando hacerme la enfadada con Nathan:

—Podrías haber tenido una mujer eternamente guapa si no te hubieses dejado llevar por la curiosidad. Philéas no encontrará nunca el elixir que buscaba y que yo iba a ser la primera en probar. Ahora tendrás que lidiar con verme los ojos plagados de patas de gallo y el pelo con canas.

—Pues creo que me gustan esas arruguitas que empiezan a salirte alrededor de los ojos. Además, ¿de qué sirve que tú seas muy guapa si voy perdiendo vista y ya no puedo verte?

Nos echamos a reír.

Me gusta pensar en que el tiempo pasa. Sé que deja huella en los rostros y los corazones, pero también siento que, con cada cana que me sale, me hago más sabia. Muy a menudo, la sabiduría y la belleza van de la mano.

Epílogo

La librería de la Place aux Herbes se ha convertido en un punto de encuentro muy destacado para los editores, que se prestan a que invite cada cierto tiempo a un autor para que venga a promocionar su último libro.

Durante una velada, organizo una lectura en presencia del escritor. A algunos no se les da bien la lectura, por muy buenos que sean escribiendo. Lo que quiero decir es que no todo el mundo sabe leer en voz alta marcando el ritmo y la sensibilidad de un texto. En ese caso, viene una amiga actriz y pone la voz.

No intento traer a los grandes nombres sino, más bien, a autores noveles o a escritores de fuera que nos conducen por los recovecos forasteros de sus palabras.

Aquella tarde, tenía como invitado a Salah Al Hamdani, poeta iraquí opositor a Sadam Husein que vive exiliado en Francia desde hace más de treinta años.

Como de costumbre, la lectura reunió a más gente de la que mis humildes gradas podían acoger.

Estaba Hélène –cómo no– y también Nathan, que se las había apañado para volver antes de París. Asimismo, estaban Leïla y Martin, tomándose un respiro de sus cabras, y Solange, sin su marido.

Sor Véronika se había traído a algunas religiosas de su congregación y formaban un grupito semejante a una bandada de golondrinas que se hacía notar y no paraba de sonreírme amablemente. Además, estaban Guillaume y Élise, codo con codo, cosa que me emocionó.

Me acordé del resto...

Jacques debía de estar de camino a algún gran centro espiritual.

¿Y dónde estaría Tarik? ¿En qué país estaría combatiendo? Me lo imaginaba sentado entre Guillaume y Élise, pero el destino lo había llevado por otros derroteros...

Bastien... ¿Habrían retomado su padre y él la conversación que habían tenido pendiente durante tanto tiempo? ¿Habría dejado ya este mundo Yann?

El recuerdo de Bastien ocupaba un rinconcito de mi jardín secreto, un espacio dulce en el que a veces se perdía mi mente.

Me dejé mecer por la voz cálida de Salah Al Hamdani:

No quiero esperar más, con el agua que corre por las paredes
El invierno de la guerra
Yo, el niño del barrio ignorado
Modelado en la duda y el hastío
Que acorrala la luz
En la senda de los hombres...

Nathan se había quedado dormido muy rápido, pero a mí me estaba costando conciliar el sueño aquella noche; salí al patio.

Era una noche clara, algo fresca a pesar del calor que había seguido haciendo aquellos días de septiembre. Encontré un poncho y me arrebujé en él, hecha un ovillo en la tumbona bajo el almez. Mi rincón favorito.

Me puse a pensar en mi invitado iraquí.

No es que Nathan y yo carezcamos de ímpetu, pero, más allá de la mudanza a Uzès y la apertura de la librería, nuestras decisiones no han sido verdaderamente arriesgadas. ¿Qué peligro corremos, en realidad?

Uzès es un entorno seguro. Puede que demasiado...

Sor Véronika, Jacques, Tarik, Bastien, Yann, Arthur, Leïla y Martin...: muchos son los que se lanzan a lo desconocido sin contar con una red, obligados a veces a ir hasta el final ya que dar marcha atrás no es una opción para ellos.

No estoy tratando de hacerme un hueco en la escala del heroísmo; creo que cada vida conlleva sus propios desafíos y luchas, circunstancias que ponen a prueba nuestra resistencia, nuestra tenacidad, así como nuestra tolerancia y bondad. Simplemente, me pregunto por lo que los psicólogos denominan nuestra «zona de confort», ese espacio, físico y temporal, en el que lo tenemos todo bajo control. Tan reconfortante, y, al mismo tiempo, tan previsible. Un espacio en el que nada malo puede sucedernos, pero tampoco nada bueno o diferente; nada, en definitiva, realmente nuevo.

Hoy por hoy, soy consciente de que estoy de vuelta de lo que se esconde detrás de cada una de las puertas que tengo ante mí. Ya las he abierto y las he atravesado, a menudo para bien, o las he vuelto a cerrar si no llevaban a ninguna parte o me devolvían a sitios en los que sabía que no quería verme otra vez.

Es importante tener una zona de confort, pero no debe ocuparlo todo, y debe servirnos de punto de apoyo para seguir impulsándonos.

Les debo mucho a los que pasan por la librería, pues me aportan brisa fresca y me permiten irme lejos, al otro lado del mundo, o descubrir los entresijos del alma humana, que nunca conseguiré explorar en su totalidad.

Toda persona contiene una historia sagrada. Estoy convencida de ello, y no me canso de dialogar con cada una de las que se cruza en mi camino para seguir pasando las páginas de la enciclopedia humana. Pero he de ir más allá, no limitarme a recibir de quienes vienen, sino atreverme a salir a su encuentro.

Conocer a Solange me dio ganas de lanzarme a la aventura de tener un jardín; el largo camino de Jacques me hizo querer peregrinar yo también; con los cantos de Solan sentí el deseo de experimentar lo que sucede al tirar del hilo de la espiritualidad y, quizás, de ir un día a postrarme ante alguien diciéndole «*namasté*».

Antes de volver a la cama, recorrí la biblioteca.

Había un libro colocado al revés, podía verle las hojas pero no el lomo. Lo cogí para ponerlo en su sitio y vi el título: *Como una novela*, de Daniel Pennac. Un bonito guiño en mitad de la noche. Ese libro es el mayor embajador de la lectura que conozco, una invitación a leer de cualquier modo, sin regla ni medida, con el placer de hacerlo por toda obligación.

«Dime lo que lees y te diré quién eres».

Repasando la librería de una persona que me invita a su casa, sé más de mi anfitrión que si me hubiese hablado de sí mismo durante horas.

Ojalá se pudiese reunir a los lectores de un libro. Tendrían que poder juntarse, vibrar con las mismas emociones, dejarse llevar por el enfado en los mismos pasajes. Detrás de cada libro hay una comunidad que ignora su existencia.

Sé que en mi librería hay muchos rastros humanos que se buscan y a veces se encuentran gracias a la lectura de un libro. No es que sea una muestra representativa, pero es la microsociedad que conforma el mundo en el que vivo.

Los libros tienen unos brazos amplios que se abren con cada página. Reciben a los ojos que se fijan en ellos. Y las manos que los cogen –rudas, encallecidas o cuidadas, suaves, blancas o morenas, arrugadas o juveniles– los adoptan durante el tiempo que dura la lectura.

Los libros esperan esas adopciones; saben ser agradecidos con quien los quiere, dándole a menudo lo que busca en ellos: ternura y emoción, un escalofrío, exotismo, inteligencia y nuevos elementos para entender el mundo y poder vivir en él.

A partir del día de su publicación, el libro ya no pertenece a su autor sino a cada uno de sus lectores.

El libro es un salvoconducto. Las primeras palabras de la primera página nos dan las claves de ese nuevo universo, desconocido antes de abrir el libro, que va revelándose en el espacio imaginario de nuestra mente.

Ahora, sé también que los libros tejen vínculos que nos liberan.

Con cada persona que ha entrado en mi pequeña librería, ha nacido una historia.

Mañana por la mañana, puede que entre por la puerta un campesino filósofo, un escultor egipcio, un caballero errante, un viejo zahorí de la garriga o un príncipe de Rusia...

Estoy deseando que sea mañana por la mañana.

Nota del autor

A veces, la vida da vueltas inesperadas... Escribí *La librería de los deseos* en 2016. En 2020, unos amigos me comentaron que la librería que había en la famosa Place aux Herbes de Uzès estaba a la venta y me propusieron formar parte del grupo que iba a darle una segunda vida. Me gusta ese guiño de la historia que viene a confirmar que, para que un día se haga realidad, debemos soñar el futuro. Si pasáis por allí, podréis descubrir la «auténtica» librería de los deseos: la Librairie de la Place aux Herbes. Así se llama.

ÉRIC DE KERMEL

En las estanterías de la librería de los deseos...

Cloé

El noventa y tres, Victor Hugo
En busca del tiempo perdido, Marcel Proust
Memorias de África, Karen Blixen
La Biblia envenenada, Barbara Kingsolver
Las flores del mal, Charles Baudelaire
La cuarta pared, Sorj Chalandon
Romeo y Julieta, William Shakespeare
La Princesa de Clèves, Marie-Madeleine de La Fayette
Eloísa y Abelardo, Roger Vailland
Manual de las chicas, Sonia Feertchak
Un taxi malva, Michel Déon
La sal de la vida, Anna Gavalda
Libro de Tebas, Anónimo

Jacques

Voyages avec l'absente, Anne Brunswic
Cinco meditaciones sobre la belleza, François Cheng
El camino inmortal, Jean-Christophe Rufin
La vida de otra, Frédérique Deghelt
L'hôpital maritime, Pascal Ruffenach
La causa humana, Pascal Viveret
La libellule et le philosophe, Alain Cugno
La ilusión financiera, Gaël Giraud
Big Sur, Jack Kerouac
L'homme qui marche, Christian Bobin

Veinte poemas de amor, Pablo Neruda
L'origine de nos amours, Erik Orsenna
Cinco meditaciones sobre la muerte, François Cheng

Philippe

Los trazos de la canción, Bruce Chatwin
Tristes trópicos, Claude Lévi-Strauss
El mar alrededor, Keri Hulme
La isla, Robert Merle
Carnets de voyage, Titouan Lamazou
Novelas del juez Di, Robert Van Gulik
Pueblos cazadores del Ártico, Roger Frison-Roche

Leïla

Vies voisines, Mohammed Berrada
Nuestro amigo el rey, Gilles Perrault
Retoño, Jean Giono
Magallanes, Stefan Zweig
Zoli, Colum McCann
Jardines y hombres, Gilles Clément
Elles accouchent et ne sont pas enceintes, Sophie Marinopoulos

Bastien

El hombre que plantaba árboles, Jean Giono
El hombre alegría, de Christian Bobin
El abisinio, Jean-Christophe Rufin
Seda, Alessandro Baricco
La beauté du monde, J. M. G. Le Clézio
La vía real, André Malraux

Tarik
Invierno, Rick Bass
Lobo, el rey de Currumpaw, Ernest Thompson Seton
El primero de la cuerda, Roger Frison-Roche
El castillo de mi madre, Marcel Pagnol

Sor Véronika
El libro de Kells, Bernard Meehan
88 poemas, Ernest Hemingway
On reconnaît le bonheur au bruit qu'il fait, Marie Griessinger

Arthur
El mar de las Sirtes, Julien Gracq
Les tisserands, Abdennour Bidar
Au doigt et à l'oeil, Françoise Huguier
Memoria de chica, Annie Ernaux
L'empire du taureau, Catherine Paysan

Solange
Le manuel des jardins agroécologiques, Pierre Rabhi
Itinéraires d'un jardinier, Pascal Cribier
Alternatives au gazon, Olivier Filippi
El hombre que quería ser feliz, Laurent Gounelle
My Dream of You, Nuala O'Faolain
Las horas, Michael Cunningham
La señora Dalloway, Virginia Woolf
La maison du retour, Jean-Paul Kauffmann
Niágara, Joyce Carol Oates

Philéas
Próxima estación, final de trayecto, Romain Gary

Uzès. En parcourant ses venelles, ses places et sa campagne, Gaston Chauvet
Manual para mi hijo, La princesa Dhuoda
Las hormigas, Bernard Werber
La prophétie des abeilles, Bernard Werber
El perfume, Patrick Süskind

Epílogo
El barrendero del desierto, Salah Al Hamdani
Como una novela, Daniel Pennac

Índice

p.   7   *Agradecimientos*

     9   Prólogo
    15   Nathalie. O de cómo cambié de vida
    31   Cloé. En un arrebato de libertad
    61   Jacques. Meditaciones de un paseante solitario
    87   Philippe. El viajero incansable
   111   Leïla. En busca de las palabras y de sí misma
   137   Bastien. El mensajero silencioso
   163   Tarik. Hermanos de libros
   187   Sor Véronika. Una felicidad sencilla
   207   Arthur. «¡Conviértete en quien eres!»
   227   Solange. De la importancia de cultivar nuestro
         jardín interior
   249   Philéas
   271   Epílogo

   279   *Nota del autor*
   281   *En las estanterías de la librería de los deseos...*

MÁS TÍTULOS DE LA COLECCIÓN:

La pequeña tienda de los corazones felices

Un amor casi de repente

Matrimonio de conveniencia

El quinto invitado

El juego del mal

El último cielo perdido

La casa al final de la calle

La habitación de invitados

Una familia casi perfecta

El superviviente de Auschwitz

La mujer con el tatuaje

La enfermera de Auschwitz

La mecanógrafa de Hitler

La chica que jugaba al ajedrez en Auschwitz

El secreto de la librera de París

El quinto Evangelio

El cazador de libros prohibidos